Nasrin Siege
Shirin

Nasrin Siege

Shirin

Roman

BELTZ
& Gelberg

Nasrin Siege, geboren 1950 im Iran, lebte seit ihrem neunten Lebensjahr in der Bundesrepublik, studierte Psychologie und arbeitete als Psychotherapeutin in einer Suchtklinik. Seit 1983 hält sie sich mit ihrem Mann und ihren beiden Kindern fast ohne Unterbrechung in Afrika auf. Nach einem längeren Aufenthalt in Sambia lebt sie heute wieder in Tansania. Im Programm Beltz & Gelberg erschienen von ihr bisher die Kinderbücher *Sombo, das Mädchen vom Fluß* und *Wie der Fluß in meinem Dorf.*

Lektorat Susanne Härtel

Einband von Wolfgang Rudelius
Gesamtherstellung
Druckhaus Beltz, 69494 Hemsbach
Printed in Germany
ISBN 3 407 79698 6

Shirin freute sich, wenn Großmutter sie besuchen kam. Großmutter ging dann mit ihr spazieren und erzählte ihr Geschichten. Durch Großmutter lernte Shirin den Islam kennen, und sie brachte ihr auch das Beten bei. »Du bist noch klein«, sagte sie dann. »Niemand erwartet von dir, daß du fünfmal am Tag betest wie die Erwachsenen. Aber du kannst jetzt schon lernen, mit Gott zu sprechen.«
Großmutter zeigte ihr auf den Spaziergängen die winzigen Ameisen und flatternden Schmetterlinge, Vögel und langbeinigen Spinnen, und Shirin entdeckte mit ihr immer neue Wunder.
»Siehst du«, sagte Großmutter. »Auch diese kleinen Wesen hat Gott geschaffen, so wie er dich und mich und die Welt geschaffen hat. Allah ist groß, es gibt keinen Größeren als Allah. Durch ihn lebt diese winzige Ameise. Ihr Leben ist so kostbar wie alles Leben. Obwohl sie so klein ist. Paß auf, daß du sie nicht zertrittst!«
Manchmal durften Shirin und ihre ältere Schwester Sharife sie in den Basar begleiten. Großmutter gehörten einige Läden, die von ihren Söhnen geführt wurden. Hin und wieder schaute sie dort nach dem Rechten und gab ihren Söhnen Anweisungen. Shirin und Sharife gingen gern mit in den Basar, denn sie durften sich dann immer etwas aussuchen, einmal sogar einen kleinen kupfernen Spielzeugsamowar.
»Dann könnt ihr mir immer Tee kochen, wenn ich euch

besuche«, sagte Großmutter und zwinkerte den beiden Mädchen zu.

Sie hatte auch ein Stoffgeschäft im Basar. In einer kleinen Kammer hinter dem Verkaufsraum wurden die Reste aufbewahrt. »Sucht euch etwas aus«, sagte Großmutter, und die Mädchen stürmten in den Raum, wirbelten alle Stoffreste durcheinander, bis sie endlich das Richtige gefunden hatten. Großmutter ließ sie gewähren.

Oft besuchten sie dann noch Mamans Brüder und Schwestern, und Shirin spielte mit ihrer Cousine Achtar, die nur zwei Monate jünger war als sie.

Diese Tage waren für Shirin die schönsten Tage.

1.

Seit drei Wochen sind wir jetzt in Hamburg. Vater sagt, daß wir mehrere hundert Jahre von Persien entfernt sind. Er meint damit, daß wir dort das Jahr 1340 haben und hier 1960. »Die haben in Deutschland eine andere Zeitrechnung als wir«, erklärt er.
Ich denke immerzu an unsere Reise hierher und daß ich für lange Zeit wohl nicht nach Hause zurückkehren werde, daß wir ganz weit weg von Teheran sind. Ich kann nicht mehr in einer Stunde bei Großmutter sein, und meine Cousine Achtar kann mich nicht einfach so mal besuchen. Ich denke oft an sie alle und versuche mir ihre Gesichter vorzustellen. Manchmal fällt mir das schwer, und ich habe Angst, daß es mir irgendwann nicht mehr gelingt.
Alles ist so neu und anders hier, und ich habe viele Fragen. Maman ist jedoch mit Hamid und meiner kleinen Schwester Parvin beschäftigt, und mit Vater will ich nicht reden, weil ich böse auf ihn bin. Er versteht alles falsch, was ich sage, und brüllt mich dann immer an.
Ich glaube, Vater hat Jungen viel lieber als Mädchen. Das habe ich daran gesehen, wie sehr er sich über die Geburt von Hamid gefreut hat. Als die Zwillinge Elahe und Parvin auf die Welt kamen, war er ganz anders. Er lachte nicht und zeigte die beiden Mädchen nicht so stolz herum wie seinen Sohn.
Elahe hatte ich besonders lieb. Ich kann mich noch gut an sie

erinnern. Sie hatte eine Haut wie Porzellan und ganz zarte, feine Hände. Einmal wurde sie schwer krank. Sie hustete und übergab sich ständig, und dann starb sie.
Ich habe jetzt noch zwei Schwestern und einen Bruder. Sharife ist achtzehn Monate älter als ich und ein bißchen größer. Ich bin elf Jahre alt. Wenn Sharife und ich zusammen spielen, streiten wir uns oft, weil sie immer bestimmen will. Parvin ist erst fünf. Sie ist ganz winzig und dünn, und Hamid ist noch ein Baby von einem Jahr.
Ich glaube, Maman hat Angst um Parvin. Immer wenn sie krank ist, regt Maman sich besonders auf. Ich weiß, daß Parvin eigentlich stark ist und daß Maman sich keine Sorgen um sie zu machen braucht. Wenn ich meine kleine Schwester ärgere, schreit sie so laut mit ihrer gewaltigen Stimme, die viel stärker ist, als ihr dünner Hals vermuten läßt, so daß Maman sofort angerannt kommt und mich bestraft. Dann werde ich wütend auf Parvin und schwöre Rache.

Es ist kalt hier in Hamburg. Wenn wir um die Ecke bei unserem Hotel biegen, müssen wir gegen den Wind kämpfen. Er weht so stark, daß wir fast umgeblasen werden. In Teheran war es nie so windig und kalt. Maman meint, unsere Kleider wären zu dünn, und wir müßten warme Sachen haben. Vater will uns in einem großen Kaufhaus Mäntel kaufen. Ich freue mich, daß ich einen Mantel bekomme. Ich möchte am liebsten einen roten.
Eigentlich gefällt es mir in Deutschland. Bis jetzt habe ich nur in Teheran gewohnt. Hamburg ist, so wie Teheran, eine

große Stadt mit vielen Autos, Straßen, Häusern und Menschen. Ich mag große Städte. Ich mag nur nicht immer auf der Straße angestarrt werden. Manche Leute bleiben stehen und schauen uns ganz lange nach. Ich weiß ja, daß wir anders aussehen. Die Menschen hier haben eine hellere Haut, und viele sind blond. Es gibt nur wenige Ausländer hier. Meistens sind wir die einzigen auf der Straße mit schwarzen Haaren und dunkler Hautfarbe. Und das ist wohl der Grund, warum wir immer und überall auffallen. Zu uns drei Mädchen sagen die Leute oft: »Oh, wie süß!«

Zuerst haben wir nicht gewußt, was sie damit meinen. Aber jetzt wissen wir, daß Zucker süß ist. Am Anfang hat es mir nicht soviel ausgemacht, süß wie Zucker zu sein. Die Leute, die das sagen, lachen uns ja auch freundlich an. Trotzdem fühle ich mich nun nicht mehr wohl dabei.

Ich denke immer wieder an den Abschied von zu Hause. Alle unsere Verwandten sind mit uns zum Flughafen gekommen. Onkel Reza und Onkel Hassan, die Tanten und alle unsere Cousinen und Cousins. Und natürlich Großmutter. Sie ist schon sehr alt und sehr klug. Alle nennen sie »Chanum Agha«, Frau Herr. Damit meinen sie, daß sie genauso wichtig ist wie ein Mann. Wenn ich groß bin, will ich so sein wie Großmutter, und alle Leute werden mir Achtung entgegenbringen.

Bis auf Vater war noch niemand von uns in einem Flugzeug geflogen. Sharife, Parvin und ich waren ganz aufgeregt, und Maman hatte Angst, daß sie uns auf dem Flughafen verliert, weil wir überall mit den anderen Kindern herumgetobt haben.

Meine liebste Freundin ist Achtar. Sie ist die Tochter von Mamans älterem Bruder, und sie ist so alt wie ich. Sie wohnt in der Nähe vom Basar, wo Onkel Reza einen Schmuckladen hat. Ich habe sie manchmal besucht, und ein paarmal habe ich sogar ohne meine Eltern und ohne Sharife bei ihr geschlafen. Achtar war nur einmal allein über Nacht bei uns, weil sie sich nicht so traute.

Eine Stimme aus dem Lautsprecher hat die Erwachsenen in Bewegung gebracht. Vater hielt plötzlich meine Hand ganz fest, es hat richtig weh getan.

Großmutter hat mich umarmt und geküßt. Dabei hat sie geweint und mit Vater geschimpft, weil er uns so weit weg bringt: »Du nimmst sie mit in ein Land, in dem die Menschen ihre Hunde mehr lieben als ihre Nachbarn!«

»Wo hast du denn diesen Unsinn her?« hat Vater gefragt und dabei ihre Hand getätschelt. Maman hat geschluchzt, und auch Vater hatte Tränen in den Augen. Er ist schon zweimal ohne uns nach Deutschland geflogen, und jedesmal haben sie alle geweint. Vor allem wenn Vater weint, wird mir ganz komisch, und dann werde ich auch traurig. Ich mag nicht, wenn meine Eltern weinen. Ich hab mir so doll auf die Lippen gebissen, bis es weh tat. Und trotzdem habe ich es nicht geschafft, die Tränen, die in meine Augen kommen wollten, zurückzuhalten. Das war mir peinlich, und heimlich habe ich sie mit dem Ärmel weggewischt.

Unsere Cousinen und Cousins haben uns beneidet, daß wir

so eine weite Reise machen dürfen. Achtar hat meine andere Hand genommen und mich von der Seite angelächelt, als ob sie sagen wollte: Du hast es gut. Gemeinsam sind wir bis zu dem Schalter gegangen, den man nur mit dem Flugschein passieren durfte. Ich hab mich noch einmal umgedreht und ein letztes Mal gewinkt. Großmutter hat immer noch geweint, und Achtar hat irgend etwas gerufen, aber ich hab nichts verstanden, weil auch die anderen laut durcheinandergerufen haben. Dann sind wir weitergegangen, und ich habe sie nicht mehr gesehen.
Im Flugzeug hat uns eine elegant gekleidete Frau die Sitzplätze gezeigt. Ich habe neben Sharife am Fenster gesessen, Parvin neben Vater, und Maman hatte den kleinen Hamid auf dem Schoß. Wir sind viele Stunden geflogen. Hamid und Parvin schliefen zwischendurch immer wieder, aber Sharife und ich waren dazu viel zu aufgeregt.
Wir haben nicht immer die Erde sehen können, meistens nur Wolken.
»Laß mich auch mal ans Fenster«, hat Sharife nach einer Weile von mir verlangt. Wir haben die Plätze getauscht, doch als ich dann wieder ans Fenster wollte, hat sie einfach so getan, als hätte sie mich nicht gehört.
»Laß mich wieder auf meinen Platz!« habe ich sie angefaucht und sie dabei geknufft.
»Au!« hat sie laut geschrien. »Du tust mir weh!«
Vater hat sich zu uns umgedreht und mit mir geschimpft. Mit seiner Hilfe konnte Sharife weiter am Fenster sitzenbleiben. Ich war ganz schön wütend auf die beiden.

Einmal mußten wir für eine Stunde aussteigen. Da waren wir aber noch nicht in Deutschland, sondern in London. Das ist in England. Wir warteten in einer großen Halle, bis wir weiterfliegen konnten. Ich habe dort keine einzige Frau mit Tschador gesehen. Manche sahen ganz toll aus, mit schönen Frisuren und schicken Kleidern.
Maman hat auch keinen Schleier mehr getragen, nur ein Kopftuch. Aber ich glaube, sie hat sich nicht besonders wohl dabei gefühlt. Vielleicht weil sie es gewohnt ist, in der Öffentlichkeit immer den Schleier zu tragen. In Persien tragen ihn viele Frauen.
»Ohne Tschador komme ich mir wie nackt vor«, habe ich sie einmal zu einer ihrer Freundinnen sagen hören.
Als ich ganz dringend auf die Toilette mußte, zeigte Vater Sharife und mir eine Tür. Im ersten Raum dahinter saß eine dicke Frau an einem Tisch, vor ihr ein Teller mit lauter Münzen.
Ich habe auf das Geld gezeigt und sie gefragt, ob das ihr gehört, aber sie hat mich wohl nicht verstanden. Denn plötzlich griff sie nach meiner Hand, hielt sie fest und schimpfte laut, aber ich konnte nicht verstehen, was sie sagte. Ich bekam Angst und schrie auf persisch, sie solle mich loslassen. Eine andere Frau kam dazu und sagte etwas in einem scharfen Ton zu ihr. Da konnte ich mich endlich aus ihrem Griff befreien.
Sharife, die die ganze Zeit neben mir gestanden hatte, kniff mich. »Warum hast du auch auf das Geld gezeigt?« zischte sie. »Immer benimmst du dich schlecht!«

»Und warum hast du mir nicht geholfen?« fauchte ich sie an. Dann bin ich auf die Toilette gerannt. Ich mußte so doll, und noch einmal blamieren wollte ich mich nicht!

Ich weiß nicht, wie lange der Flug von London nach Frankfurt gedauert hat. Als wir endlich ankamen, war es dunkel, und es hat geregnet. Die Stewardeß, so nennt man die elegant gekleidete Dame, hat sich von uns allen verabschiedet. Niemand hat uns am Flughafen begrüßt, niemand hat uns hier erwartet. Ich war so müde, daß ich mich an gar nichts mehr so richtig erinnern kann.
Vater hat aus seiner Tasche einen Zettel herausgeholt, und als wir später mit einem Taxi ein Hotel gesucht haben, hat er dem Fahrer die Adressen darauf gezeigt. Während der Fahrt hab ich aus dem Fenster geschaut und gesehen, daß die Straßen und Häuser hell beleuchtet waren, manche auch bunt. Das Taxi hat vor mehreren Hotels angehalten, die auf dem Zettel standen. Jedesmal kam Vater ganz bedrückt zurück. Entweder waren keine Zimmer frei, oder die Preise waren zu hoch.
Ich war ein wenig enttäuscht von Frankfurt. Weil es geregnet hat und weil wir nicht wußten, wo wir hier wohnen sollten.
»Vielleicht müssen wir im Taxi übernachten«, habe ich Sharife zugeflüstert.
Als das Auto wieder einmal anhielt, hab ich in einer Haustür eine Frau und einen Mann gesehen. Sie haben sich umarmt und geküßt!

»Die küssen sich ja auf der Straße!« ist es mir herausgerutscht.
Das hätte ich lieber nicht sagen sollen, denn Vater hat sich zu mir umgedreht und mir eine Ohrfeige gegeben. »Ist das das einzige, was dich hier an Deutschland interessiert?« hat er gebrüllt und immer weiter geschimpft, daß ich nur Augen für alles Schlechte hätte und aus mir nichts Gutes würde. Ich habe geweint und mich geschämt.
Warum ist Vater immer so ungerecht zu mir? Warum hat er mich geschlagen? Nur weil ich etwas gesehen habe, was ich nicht sehen sollte? Ich kann doch nicht mit geschlossenen Augen durch die Welt gehen, und ich kann auch nicht immer nur über das sprechen, worüber sie mir zu reden erlauben. Dann wäre ich vielleicht eines Tages so stumm wie Soheyla, die Tochter unserer Nachbarin. Früher soll Soheyla ganz normal gesprochen haben, aber eines Tages hat sie einfach nichts mehr gesagt. Die Ärzte, die sie untersucht haben, meinten, daß sie nicht krank sei. Vielleicht, denke ich, will sie einfach nicht mehr sprechen.
Wir sind noch eine ganze Weile durch Frankfurt gefahren. Hamid hat immerzu geweint und gewimmert, und Maman konnte ihn irgendwann nicht mehr beruhigen. Doch dann haben wir endlich ein Zimmer in einem Hotel gefunden. Ich glaube, es war das fünfte auf Vaters Liste.
»Es ist teuer hier. Aber die Fahrt mit dem Taxi kostet auch viel«, hat Vater gemeint. »Wir bleiben ja sowieso nicht lange in Frankfurt, also nehmen wir eben das Zimmer!«
Wir alle waren todmüde und glücklich darüber, daß wir uns

endlich hinlegen konnten. Ich habe neben Sharife geschlafen. Obwohl ich sie manchmal nicht mag, liege ich gern mit ihr in einem Bett, denn dann fühle ich mich nicht allein.

Am nächsten Tag ist Vater schon früh weggegangen. Was ist, wenn er nicht wiederkommt, habe ich mich gefragt. Wie finden wir dann nach Hause zurück? Das überlege ich mir seitdem immer wieder. Ich stelle mir vor, daß ich mich verlaufe oder daß ich meine Familie irgendwie verliere. Was mache ich dann? Wo ich doch die Sprache der Leute hier nicht spreche und niemanden kenne?

»Ich hab Hunger!« quengelte Parvin.

»Vater bringt uns etwas zu essen mit«, sagte Maman ganz ruhig. Sie hat sich wohl nicht die gleichen Sorgen gemacht wie ich.

Auch mir knurrte der Magen, und ich war froh, als Vater endlich in der Tür stand. Doch er war nicht allein. Er brachte einen Mann mit, einen Perser, den er auf dem Bahnhof kennengelernt hatte, als er dort Fahrkarten gekauft hat.

»Ich bin durch die große Halle geirrt und habe den richtigen Schalter gesucht«, erzählte er. »Da habe ich Mahbod gesehen und gedacht, daß er ein Landsmann sein könnte. Ich habe ihn angesprochen, und jetzt habe ich die Fahrkarten und wir einen neuen Freund!«

»Und ich eine neue Familie«, meinte Mahbod und lachte dabei. »Und wenn ihr gegessen habt, zeige ich euch Frankfurt!«

Vater packte die Tüten aus, die er mitgebracht hatte, und wir setzten uns zum Frühstück an den Tisch. Das Brot hier ist ganz anders als das persische, nämlich dick und klumpig, und man muß es in Scheiben schneiden. Unser Brot zu Hause ist flach, und man kann darin den Käse einrollen. Obwohl ich großen Hunger hatte, konnte ich nicht viel davon essen. Ich mag das Brot hier nicht.

Ich mußte immer heimlich unseren Gast angucken, der sich mit Vater unterhielt. Er war sehr groß und hatte einen schwarzen Schnurrbart. Gemütlich sah er aus, und wenn er lachte, dann zitterten seine Barthaare, und seine Augen blickten fröhlich. Solange Mahbod da war, war auch Vater gut gelaunt. Er hat schon lange nicht mehr so viel gelacht.

Nach dem Frühstück sind wir alle spazierengegangen. Wir sind durch viele Straßen gelaufen und haben uns dabei die Schaufenster angeschaut. Ich habe lange vor einem Spielzeugladen gestanden. Da gab es Babypuppen mit Schnuller und solche mit langen blonden Haaren und beweglichen Augen. Bestimmt konnten sie auch »Mama« sagen. So wie die, die Vater einmal aus Deutschland für Sharife mitgebracht hatte.

»Kaufst du mir so eine Puppe?« fragte ich Maman leise. Aber sie gab mir keine Antwort.

Ich weiß noch, daß ich mich zu Hause immer mit Sharife um ihre Puppe gestritten habe, bis die dann eines Tages kaputt war. Warum hatte Vater mir damals nicht auch eine Puppe geschenkt? Dann hätten wir beide eine gehabt, und wir hätten uns nicht immer so in die Wolle gekriegt. Aber jetzt, hier in Deutschland, kaufen sie mir vielleicht auch eine Puppe.

Die Leute auf der Straße haben uns immerzu angestarrt. Wir

müssen ganz schön auffallen, hier in Deutschland. Manche sind sogar stehengeblieben und haben über uns gesprochen, und wenn ich mich umgedreht habe, standen sie immer noch da und schauten uns nach. Das gefiel mir gar nicht. Ich war froh, als ich wieder in unserem Hotelzimmer war.
Am späten Nachmittag spazierten wir mit Mahbod in Frankfurt an einem breiten Fluß entlang, auf dem große und kleine Schiffe fuhren. Von dem einen Dampfer winkten uns Leute zu, und wir winkten zurück.
Am nächsten Tag sind wir dann mit der Eisenbahn nach Hamburg gefahren. »Dort kenne ich mich aus«, hat Vater gemeint. »Da habe ich schon ein paar Freunde, die uns weiterhelfen können.« Mahbod hatte uns mit seinem Auto vom Hotel abgeholt und uns zum Bahnhof gefahren.
»Ich freue mich, daß ich dir begegnet bin«, hat Vater ihm zum Abschied gesagt und ihn umarmt und auf beide Wangen geküßt.
»Wenn ich nach Hamburg komme, besuche ich euch«, hat Mahbod versprochen.
Die Reise mit der Bahn dauerte mehrere Stunden. Wir fuhren durch viele Städte, und der Zug hielt immer wieder an und nahm neue Fahrgäste mit. Zwischen den Bahnhöfen und den Ortschaften sah ich viel Wald und Wiesen. Auf den Weiden standen manchmal Pferde, Kühe und sogar Rehe. Deutschland ist schön, dachte ich.

Hier in Hamburg wohnen wir in einem Hotel, das einem Perser gehört. Es ist zweistöckig, und im Parterre ist das

Restaurant untergebracht, in dem es auch persisches Essen gibt. Wir wohnen in einem Zimmer im ersten Stock. Es ist nicht groß, und der Hotelbesitzer, ein kleiner bärtiger Mann, hat uns zu dem Doppelbett noch zwei weitere schmale Betten hereinstellen lassen. Sharife und ich haben uns gleich zu Beginn furchtbar gestritten. Wir wollten beide am Fenster schlafen. Diesmal habe ich gewonnen, denn Maman bestimmte, daß Sharife und Hamid in dem Bett neben dem ihren liegen und Parvin und ich in dem am Fenster.
Vater sagt, daß er eine Wohnung für uns sucht. Er meint aber, daß das nicht so einfach ist. »Die Menschen hier sind keine Ausländer gewohnt«, erklärt er. »Sie vermieten lieber an Deutsche.«
Jeden Tag auf der Straße stelle ich fest, daß Vater recht hat. Wir fallen immer auf. Wenn wir spazierengehen, tue ich meistens so, als ob ich sie alle nicht sehen würde und nicht merke, daß sie mich anstarren.

Hamburg ist eine noch größere Stadt als Frankfurt. Hier gibt es riesige Gebäude und Kirchen mit hohen Türmen. Ich möchte gern einmal ein Vogel sein, auf die Spitze eines Kirchturms fliegen und mir die Stadt von oben angucken.
Seitdem wir hier sind, leben wir fast nur von Brot und Käse, weil das Essen im Restaurant zu teuer ist und Maman im Zimmer schließlich nicht kochen kann. Nur den Brei und die Milch für Hamid darf sie in der Hotelküche zubereiten.
»Dafür müssen wir Herrn Amiri sehr dankbar sein«, meint

Maman. »Ich wüßte nicht, wie ich es mit dem Kleinen sonst schaffen sollte!«

Vater hat gestern Weintrauben mitgebracht. Sie schmeckten so gut, und sie erinnerten mich an die Gärten in Persien. Ich habe eine Traube in den Mund genommen, meine Augen geschlossen und mir vorgestellt, daß ich mit Mehdi auf der verfallenen Gartenmauer sitze und Weintrauben esse.

Seit Vater die Trauben mitgebracht hat, habe ich Heimweh. Ich muß immerzu an Großmutter denken. Wie mag es ihr wohl gehen? Ob sie uns vermißt? Bestimmt fehlen wir ihr, so wie sie uns fehlt.

Und Achtar? Was hat sie mir zum Abschied zugerufen? Vielleicht war es etwas sehr Wichtiges. Und ich habe es nicht gehört!

Mir fällt auch ein, daß Mehdi nicht weiß, wann ich wiederkommen werde. Ob er manchmal in dem verwilderten Garten auf mich wartet? Ich schließe die Augen und versuche ihn mir vorzustellen: Seine Kleider haben Löcher, und seine dunklen Haare sind struppig. Man sieht gleich, daß er ein Straßenjunge ist.

»Sprich nicht mit den Straßenkindern«, hat Maman oft gesagt, »sie sind kein Umgang für dich.« Doch er war mein Freund. Er hat mich verstanden, hat mir zugehört.

Manchmal, wenn Sharife krank war und zu Hause bleiben mußte, habe ich den Unterricht geschwänzt. In dem verfallenen Garten in der Nähe unseres Hauses bin ich dann bis zum Mittag geblieben, und da habe ich eines Tages Mehdi

getroffen. Er sei häufig dort, erzählte er mir, weil er nicht zur Schule gehen müsse.
»Du hast es gut«, habe ich gesagt, und ich habe ihn beneidet.
Wir haben von den Weintrauben gegessen, die dort wuchsen, und dann haben wir gespielt. Mehdi und ich sind Freunde geworden. Aber das darf niemand wissen, weil ich nur mit Mädchen spielen darf. Wie Jungen sonst sind, weiß ich nicht. Aber trotzdem möchte ich am liebsten einer sein.

2.

Vater hat eine Perserin kennengelernt, die früher mit einem Hamburger verheiratet war. Bis Sharife und ich eingeschult werden, soll ihre Tochter Marianne uns in Deutsch unterrichten.

Als Marianne das erste Mal zu uns ins Hotel kommt, schaue ich sie mir ganz genau an. Sie sieht freundlich aus, überhaupt nicht streng. Sie hat lange dunkelblonde Haare und braune Augen. Ich finde sie sehr hübsch. Marianne kann etwas Farsi, das ist die Sprache, die man in Persien spricht, und wir unterhalten uns in einer Mischung aus Zeichensprache, Farsi und Deutsch. Nur ist das schwierig, weil wir ja noch kein Deutsch können. Am Anfang waren wir ziemlich schüchtern, aber dann mußten wir fürchterlich kichern, wenn wir versuchten, die Wörter nachzusprechen, die sie uns vorsagte.

Marianne hat ihre alten Schulbücher mitgebracht. Man liest und schreibt hier nicht von rechts nach links, sondern von links nach rechts. Und auch das Alphabet ist ganz anders als das unsere. Das sieht ganz komisch aus. Ich habe neue Wörter gelernt: Tut! Tut! Ein Auto. Haus, spielen, Ball. Als sie weggeht, sagen wir »tschüs« zu ihr. Ein witziges Wort!

Am Nachmittag spiele ich mit Sharife und Parvin auf der Straße. Wir tun so, als ob wir deutsch sprechen würden, und wir denken uns neue Wörter aus, die so ähnlich klingen.

Immer wenn Leute an uns vorbeigehen, unterhalten wir uns in dieser erfundenen Sprache, tun ganz ernst und müssen dabei doch kichern.

Plötzlich steht Dr. Shirazi vor uns, grinst und sagt etwas in Deutsch. Obwohl wir ihn nicht verstehen, antworten wir ihm in unserer Phantasiesprache, und Dr. Shirazi lacht so laut, daß einige Leute sich neugierig umdrehen.

Vater kennt Dr. Shirazi von seinen früheren Besuchen in Hamburg. Er hat damals in dem Krankenhaus gearbeitet, in dem Vater behandelt worden ist.

»Dr. Shirazi hat mir sehr geholfen«, sagt Vater. »Er hat übersetzt, was die anderen Ärzte und die Schwestern mir sagen wollten. Ich konnte doch damals genausowenig Deutsch wie heute.« Seit dieser Zeit sind sie Freunde.

Dr. Shirazi hilft Vater bei der Wohnungssuche. Gemeinsam lesen sie die Anzeigen in den Zeitungen durch und schreiben sich Telefonnummern und Adressen auf. Einmal höre ich Dr. Shirazi sagen, daß es schwierig ist, für uns eine Wohnung zu finden, weil wir eine zu große Familie sind und dazu noch Ausländer. Ich kann das nicht verstehen, und am liebsten möchte ich wieder zurück nach Persien.

»Warum sind wir überhaupt hierhergekommen?« frage ich Vater später.

»Frag nicht immer soviel!« fährt er mich ärgerlich an. Und dann sagt er noch, daß ich das nicht verstehen würde, weil ich noch zu klein sei. Dabei bekomme ich mehr mit, als er denkt!

In Persien hat Vater als Beamter im Finanzministerium gearbeitet. Ich erinnere mich noch gut daran, wie ihn früher seine Freunde immer besucht haben. Dann saßen die Männer den ganzen Abend zusammen und redeten über Politik. Plötzlich hörten ihre Besuche auf, und Vater sah tagelang sehr bedrückt aus. Dann war er weg, und Maman konnte uns nicht sagen, wo er war. Eines Morgens saß er plötzlich wieder im Wohnzimmer und trank Tee, den Maman ihm schnell gemacht hatte. Er sah grau und viel älter aus als vorher, und er hatte abgenommen. Danach hat er lange nicht mehr gearbeitet. Als er dann krank wurde, flog er nach Deutschland, um sich dort operieren zu lassen. Später ist er noch einmal zur Nachuntersuchung nach Hamburg gegangen.

Irgendwann hat er wieder angefangen zu arbeiten. Aber er war immer traurig, schlecht gelaunt und ungeduldig mit uns. Er hat kaum mit uns gesprochen, und wenn er von der Arbeit nach Hause kam, mußten wir ganz leise sein. Manchmal hat ihn einer seiner alten Freunde besucht. Dann saßen sie wie früher im Wohnzimmer, tranken Tee und redeten. Es waren lange und ernste Gespräche, die wir nicht stören durften. Nach einem dieser Besuche hat Vater zu Maman gesagt, daß er mit uns nach Deutschland gehen will. »Es ist besser so«, hat er gemeint.

»Und wovon sollen wir leben?« hat Maman leise gefragt.

»Ich werde das Haus verkaufen, und … ich werde mir in Deutschland eine Arbeit suchen.«

»Warum?« hat Maman gefragt.

»Ich kann hier nicht mehr leben und arbeiten und dabei meine Augen verschließen und so tun, als ob ich nicht wüßte,

was in unserem Land tagtäglich passiert«, hat er gemeint. »Ich bin nicht der Mensch, der das kann!«
»Warum nicht? Wieso kannst du nicht genauso deine Arbeit machen wie die anderen auch? Wieso mischst du dich in die Politik ein? Denk doch auch an mich und die Kinder!« hat Maman aufbegehrt, und dabei hat sie geweint.
»Ich denke vor allem an die Kinder. Mädchen haben in Deutschland viel mehr Chancen, etwas zu werden, als hier.«
Also ist Vater wegen uns hierhergekommen?

Heute kommt Dr. Shirazi mit seinem alten Plattenspieler zu uns. »Den habe ich nur meinetwegen mitgebracht«, scherzt er, »weil ich endlich mal wieder persische Musik hören will!«
Vater kramt in unserem Koffer in dem Stapel Schallplatten herum und legt eine davon auf. Unser Gast holt eine Tafel Schokolade aus seiner Tasche und gibt sie Maman. Jeder kriegt gleich ein Stückchen ab.
Ich setze mich zu Vater und Dr. Shirazi, esse vergnügt meine Schokolade und höre der Musik zu. Ich erinnere mich daran, wie ich mit meinen Tanten und Cousinen nach diesen Platten getanzt habe. Ich kenne fast alle die Schlagertexte auswendig. »Shirin hat eine gute Stimme«, haben die Frauen oft gesagt, und ich war jedesmal so stolz darüber, daß ich mich am liebsten irgendwo versteckt hätte.
Plötzlich schreit Vater mich an, ich solle mich nicht so unanständig auf die Sessellehne setzen, so mit breiten Bei-

nen. Mir wird ganz heiß, und ich schäme mich vor Dr. Shirazi. Er denkt jetzt bestimmt von mir, daß ich ein schlechtes Mädchen bin. Ich weiß nicht warum, aber seitdem wir hier sind, sagt Vater immer wieder, daß ich mich schlecht benehme.

Ich wünsche mir, daß meine Eltern mich mögen, aber irgend etwas mache ich wohl falsch. Sie haben Sharife und Parvin viel lieber. Sharife ist ja auch so hübsch. Alle meine Tanten sagen, daß sie die Hübscheste von uns Mädchen ist. Meine Nase ist zu groß, sagen sie. Wenn ich groß bin, lasse ich sie operieren. Das machen viele Frauen in Persien. Dann bin ich auch hübsch.

Ich setze mich auf mein Bett, kämpfe mit dem Kloß in meinem Hals und versuche ganz leise zu sein. Sharife schaut mich schadenfroh an, und ich drehe ihr den Rücken zu. Niemand soll sehen, daß ich traurig bin. Hamid fängt an zu weinen, und ich höre, wie Maman ihn mit gedämpfter Stimme beruhigt. Vater dreht die Musik leiser.

Nach einer Weile stehle ich mich nach draußen und setze mich auf die Treppenstufen. Ich bin sauer auf Vater, und ich ärgere mich über Sharifes schadenfrohes Gesicht. Und überhaupt finde ich dieses Hotel ganz schrecklich. Es ist so langweilig hier! Unser Zimmer ist klein und eng, und wir müssen immer leise sein. Der einzige, der laut sein darf, ist Hamid. Aber er ist ja auch noch ein Baby.

Unsere Zimmertür geht auf, und Sharife kommt heraus. Ich schicke ihr einen wütenden Blick zu und knurre sie an, sie soll bloß abhauen.

»Was machst du hier?« fragt sie mich mit ihrer wichtigtuerischen Art, die ich nicht ausstehen kann. »Du weißt doch, daß Herr Amiri es nicht mag, wenn wir im Treppenhaus spielen!«
»Spiele ich denn?« frage ich sie böse.
Sie setzt sich zu mir, und plötzlich legt sie mir den Arm um die Schulter und seufzt tief. So, wie sie das immer tut, wenn sie etwas bedrückt, und ich spüre, wie der Zorn in mir plötzlich verraucht.
»Warum schimpft Vater immer mit mir?« frage ich sie.
»Ich weiß nicht«, sagt meine Schwester. »Ich weiß nur, daß ich wieder nach Hause will.«
»Aber das können wir noch nicht«, sage ich ihr mit der gleichen Stimme, mit der Maman das immer sagt.
»Warum denn nicht?« fragt sie und schnieft dabei geräuschvoll.
Ich schaue sie erstaunt an und sehe, daß sie weint. »Maman sagt, vielleicht gehen wir nächstes Jahr zurück. Bis dahin ist es eigentlich nicht so lange!« So sitzen wir nebeneinander und trösten uns gegenseitig.
»Ich wollte, wir hätten eine eigene Wohnung!« seufzt Sharife.
»Dann hätten wir mehr Platz, wir könnten viel besser spielen, und Maman könnte selbst wieder kochen«, fange ich an zu schwärmen.
»Ich kann kein Käsebrot mehr sehen! Und dabei steigt einem dauernd der Duft von dem guten Essen aus der Hotelküche in die Nase«, schimpft Sharife.

»Wieso dürfen wir eigentlich nicht im Treppenhaus spielen?« frage ich sie.
»Das stört die anderen Gäste«, äfft Sharife Herrn Amiri so gut nach, daß wir laut lachen müssen.
Der Hotelbesitzer sieht es auch nicht gern, wenn wir uns wie in den ersten Tagen vor dem Gebäude auf der Straße aufhalten. Das macht einen schlechten Eindruck und schadet dem Hotel, sagt er.
Wir schimpfen noch eine Weile gegen alles, was uns nicht gefällt, dann stehen wir schließlich auf und gehen zurück ins Zimmer.

Die einzige Abwechslung bringt uns Marianne, die uns jetzt zweimal in der Woche Deutschunterricht gibt. Immer wenn wir mit ihr zusammen sind, geht die Zeit schnell vorüber, und jedesmal, wenn sie weggehen will, möchte ich sie am liebsten festhalten.
Einmal hat sie uns mit zu sich nach Hause genommen. Ihre Mutter hat kurze dunkle Haare. Sie spricht mit uns Farsi und mit Marianne Deutsch. So wie sie sich kleidet und wie sie redet, kommt sie mir vor wic eine deutsche Frau, obwohl sie so dunkel ist wie ich. Sie lebt und arbeitet schon lange in Deutschland. Ob sie manchmal vergißt, daß sie Perserin ist? Werde ich so sein wie sie, wenn ich lange hier lebe?
Aber ich will nie vergessen, daß ich aus Persien komme. Weil ich mich immer an Großmutter, Achtar, Mehdi und alle meine anderen Verwandten und Freunde erinnern will. Und ich will mich auch immer an den Weg vom Basar zu Großmutters

Haus erinnern, an unseren Garten, das Wasserbecken mit den Goldfischen und die Geranien- und Rosenbeete. Dann kann ich meinetwegen auch viele, viele Jahre hier leben, kurze Haare haben und mich kleiden und sprechen wie eine Deutsche.

Aber werde ich dann immer noch ich sein?

3.

Seit einigen Tagen arbeitet Vater bei einem Landsmann in dessen Teppichgeschäft. An mehreren Abenden in der Woche geht er in eine Schule für Erwachsene, wo er Deutsch lernt. Wir sehen ihn nicht mehr so oft, aber wenn er da ist, hat er meistens schlechte Laune. Einmal, als er wieder mit mir schimpft, kann ich meine Tränen nicht mehr zurückhalten, und ich weine.

»Vater ist nervös, und er hat viele Sorgen«, erklärt Maman und nimmt mich in die Arme. »Er ist nicht mehr jung, und ihr wißt doch, daß er sehr krank war. Und es ist auch nicht einfach, mit vier kleinen Kindern in ein vollkommen fremdes Land zu ziehen und alles neu lernen zu müssen.«

Vater liegt auf dem Bett und tut so, als ob er sie nicht hört. Meinetwegen hätte er nicht nach Deutschland kommen müssen, will ich Maman am liebsten sagen. Aber ich schlucke die Worte hinunter und verziehe mich ins Treppenhaus.

Ich bin wütend auf Vater, und gleichzeitig tut er mir leid. Ich weiß, daß er sich viele Gedanken um uns macht. Dabei geht es ihm nicht gut. Er hat oft Kopfschmerzen, und der Magen tut ihm weh. Nach seiner Operation, damals in Deutschland, hatte er aufgehört zu rauchen. Jetzt hat er wieder damit angefangen.

»Die Ärzte haben doch gesagt, daß du nicht mehr rauchen darfst!« schimpft Maman. Sie hat Angst, daß er wieder krank wird.

Warum sagt Dr. Shirazi nicht, daß er das Rauchen lassen soll? Er ist doch Arzt!
Am 21. März feiern wir Noruz, das Neujahrs- und Frühlingsfest. Vater läßt seinen Deutschkurs ausfallen und kommt früher nach Hause.
»Wir sind eingeladen«, erklärt er ganz geheimnisvoll.
Hier in Hamburg gibt es eine persische Gemeinde. Sie hat keine eigene Moschee, und daher trifft sie sich zu besonderen Anlässen, wie heute am Noruz, in der Wohnung von Herrn Madjidi, ihrem geistlichen Oberhaupt. In Persien hat sich am Noruz unsere Familie immer gegenseitig besucht, und jeder hat Geschenke bekommen. Dieses Jahr werden wir Noruz mit anderen persischen Familien feiern, die wir aber noch nicht kennen.
Wir fahren zunächst mit der S-Bahn und laufen dann ein Stück an der Alster entlang. Mir fällt ein, daß wir schon lange nicht mehr zusammen spazierengegangen sind. Das merke ich vor allem daran, daß wir als Gruppe noch mehr auffallen, als wenn ich allein oder mit Sharife auf der Straße bin.
Als wir endlich in der Wohnung von Herrn Madjidi ankommen, atme ich auf. Inmitten der herumtobenden schwarzhaarigen Mädchen und Jungen bin ich eine von vielen, bin ich nicht mehr fremd. Am Ende des langen Flurs entdecke ich den sorgfältig gedeckten Noruztisch. Der Koran liegt darauf, ein Spiegel und sieben Eßsachen, die alle mit dem Buchstaben »S« beginnen, wie zum Beispiel das Gewürz »Somagh« und »Sirr«, was Knoblauch bedeutet. In der Mitte des Tisches steht ein flacher Teller mit zarten hellgrünen Grashal-

men, die Frau Madjidi aus Samen gezogen hat. Wie die Hyazinthen und die Narzissen in den Blumentöpfen daneben sind sie ein Symbol für das neue Leben, den Frühling und damit das neue Jahr. Uns Kindern gefällt der rote Goldfisch in dem bauchigen Glas am besten. Auch er darf auf dem Noruztisch nicht fehlen.

Vater verschwindet gleich in dem Raum, in dem sich die Männer aufhalten, während Maman und wir Kinder von der Gastgeberin begrüßt werden. Sie führt uns in das Zimmer, wo die Frauen sitzen. Sie alle tragen Kopftücher, so wie Maman. Auf kleinen Tischen stehen Schälchen mit Pistazien, Rosinen, Mandeln, gerösteten Kürbiskernen und süßem Gebäck. Nach einer Weile habe ich das Gefühl, als sei ich wieder in Persien, und ich stelle mir vor, daß die Tür aufgeht und Großmutter in den Raum tritt.

Maman genießt es, mit Frauen zusammenzusitzen, die so sind wie sie, die ihre Sprache sprechen, und sie lacht und scherzt wie früher. Dabei trinkt sie aus einem kleinen Glas den süßen schwarzen Tee. Sharife setzt sich zu ihnen und hört aufmerksam ihren Gesprächen zu, aber ich unterhalte mich lieber mit Sarih. Sarih ist älter als ich und lebt schon seit einigen Jahren in Deutschland. Sie hat ihr Farsi schon fast vergessen, und ich kann noch nicht so gut Deutsch, deshalb unterhalten wir uns in einer Mischung aus beiden Sprachen.

Eigentlich sieht Sarih gar nicht aus wie eine Perserin, so wie sie gekleidet ist. Unter ihrem kurzen Rock bauscht sich ein weiter, mit bunten Spitzen besetzter steifer Petticoat. Ich habe schon viele Mädchen und Frauen damit gesehen, und Marianne hat gesagt, das sei zur Zeit Mode. Marianne mag Petticoats nicht. »Damit kann man sich ja gar nicht richtig hinsetzen!« hat sie gemeint. Ich finde, Petticoats sehen toll aus. Ich wünschte, ich hätte auch einen.

»Haben deine Eltern nichts dagegen, wenn du so was anziehst?« frage ich Sarih.

»Sie können mir nichts vorschreiben!« meint sie und grinst. »Ich mache, was ich will!«

»Und du kriegst keinen Ärger?«

»Jeden Tag!« lacht sie. »Heute zum Beispiel wollte ich nicht mit. Ich kann diese Treffen nicht ausstehen. Da haben wir uns gestritten, und schließlich bin ich nur unter der Bedingung mitgegangen, daß ich anziehen kann, was ich will.«

»Du bist ganz schön mutig«, seufze ich und erinnere mich an das Kleid, das Maman mir zu Hause einmal genäht hat. Bei der letzten Anprobe hatte sie dann gesehen, daß es zu kurz geraten war. »Zieh das Kleid aus«, forderte sie mich auf. »Ich muß den Saum länger machen.« Ich weigerte mich. Immer wieder drehte ich mich um mich selbst und bewunderte mich in dem kurzen Kleid. Schließlich gab Maman nach. Am Nachmittag fuhren wir dann mit ihr und Großmutter in den Basar. Die beiden saßen im Taxi auf den Rücksitzen, und wir Kinder standen vor ihnen. Als wir ankamen und ich aus dem Wagen stieg, merkte ich, daß Maman und Großmutter während der Fahrt den Saum von meinem Kleid aufgetrennt hatten. Ich weiß noch, wie wütend ich

darüber war. Ich weinte laut, und Maman und Großmutter hatten alle Hände voll zu tun, um mich wieder zu beruhigen.
»Wie unterhältst du dich mit deinen Eltern?« frage ich Sarih.
»Überhaupt nicht!« sagt sie und lacht schallend über mein verdattertes Gesicht.
»Ich meine, in welcher Sprache?«
»In so einem Mischmasch, so wie jetzt mit dir.«
Als wir uns am späten Nachmittag verabschieden, gibt sie mir ihre Telefonnummer. Ich kann ihr meine nicht geben, weil ich die vom Hotel nicht weiß.

Immer noch ist es kalt, und Vater geht mit Sharife und mir Mäntel kaufen. Hier in Hamburg gibt es große Läden mit vielen verschiedenen Sachen. Wenn man zu den oberen Stockwerken möchte, muß man sich auf fahrende Treppen stellen. Dann braucht man sich nicht mehr zu bewegen. Das macht die Treppe für einen. Die Mäntel gibt es in der dritten Etage. Zuerst habe ich Angst vor der Rolltreppe. Vater packt mich am Ellenbogen und drängt mich, endlich auf die Stufen zu treten. Hinter mir bildet sich eine Traube von Menschen. Ich höre Lachen und spüre, wie es in mir ganz heiß wird, und ich schäme mich. Vater wird ungeduldig, und Sharife guckt mich wütend an. Ich gebe mir einen Ruck und stelle mich endlich auf die Treppe. Zuerst zittern mir die Knie, und ich denke, ich falle um. Endlich komme ich oben an. Aber dann muß ich schon mit der nächsten fahren. Diesmal habe ich mehr Mut und mache ganz schnell den ersten Schritt.
Ich suche mir einen roten Mantel mit Kapuze aus. Er ist

wunderschön weich und kuschelig. Jetzt werde ich nicht mehr frieren. Sharife weint, weil der Mantel, den sie haben möchte, viel zu teuer ist. Dann will sie überhaupt keinen haben, sagt sie. Schließlich gibt Vater nach und kauft den teuren.

Ich liege auf dem Bett und träume vor mich hin. Ich denke an Sarih und daran, daß ich ihr versprochen habe, sie anzurufen. Das ist aber nicht so einfach, denn ich muß vom Hotel aus telefonieren, und das habe ich noch nie gemacht. Außerdem habe ich kein Geld für den Automaten, und ich weiß auch gar nicht, in welcher Sprache wir miteinander reden sollen, wenn wir uns nur hören und nicht sehen. Ich beschließe, sie später anzurufen, wenn ich besser deutsch kann als jetzt.

Am Waschbecken in unserem Zimmer steht eine Plastikdose, auf der mit großen dunklen Buchstaben etwas geschrieben steht. Es ist ein Reinigungsmittel, das ich mit Maman zusammen gekauft habe. Ich buchstabiere langsam: »A … T … A. Da steht ATA drauf!« sage ich stolz zu Maman.
»Das weiß ich schon lange!« erwidert sie und lacht.
Das ist das erste deutsche Wort, das ich ganz allein gelesen habe! Als Marianne am Nachmittag zu uns kommt, lese ich mit ihrer Hilfe einen ganzen Satz aus dem Lesebuch. Sharife macht mir das mühelos nach, und als Marianne sich verabschiedet, sagt sie, daß sie uns das nächste Mal ihre alten Kinderbücher mitbringen will.

4.

Endlich, nach fast zwei Monaten, haben wir eine Wohnung gefunden! Wir haben schon geglaubt, wir müßten hier ewig im Hotel wohnen bleiben. Zum Glück hat Maman uns in der letzten Zeit ab und zu etwas in der Hotelküche kochen dürfen, denn wir alle konnten keine Käsebrote mehr sehen oder riechen!
Die neue Wohnung befindet sich in einem Hochhaus mit sieben Stockwerken, doch leider nur in der zweiten Etage. Am liebsten würde ich ganz oben wohnen. Wir alle sind aufgeregt und freuen uns auf unser erstes eigenes Zuhause in Deutschland.
Wir haben noch nicht viele Sachen, deshalb gehen Vater und Dr. Shirazi Matratzen, Decken und Küchengeschirr kaufen. »Wir werden uns nach und nach einrichten«, sagt Vater. Dr. Shirazi hilft uns mit seinem kleinen VW-Käfer. So heißt sein Auto. Mit unseren wenigen Koffern ist der Umzug schnell vorbei.

In dem Hochhaus gibt es einen Fahrstuhl. Das erste Mal, als ich damit fahre, wird mir ganz schwummerig im Bauch. Aber Sharife und ich kommen schnell auf den Geschmack, drükken abwechselnd auf alle Knöpfe, sausen rauf und runter und stoppen in allen Stockwerken. Unser Spaß findet ein Ende, als eine streng dreinblickende ältere Frau zu uns einsteigt. Sie droht uns mit dem Zeigefinger und sagt etwas, das nicht freundlich klingt. Ich weiß nicht, was ich ihr antworten soll, und auch Sharife schaut betreten zu Boden. Schließlich drükke ich auf den Knopf mit der Nummer 2, und erleichtert steigen wir vor ihr aus.

Die Wohnung hat drei große Räume, ein kleines Zimmer und zwei Balkons.
»Die Miete ist hoch«, sagt Vater. »Wir werden untervermieten müssen.«
Sharife ist enttäuscht, weil sie mit Parvin und mir ein Zimmer teilen muß. Auch ich ärgere mich, weil ich mit Parvin auf einer breiten Matratze schlafen soll.
»Wir müssen Platz und Geld sparen«, versucht Maman mir zu erklären. »Und überhaupt kann Parvin noch nicht allein schlafen, dazu ist sie noch viel zu klein.« Maman hat ja recht, aber trotzdem hätte ich lieber mein eigenes Bett gehabt.
Doch dann lasse ich mich von meinen Geschwistern anstekken und vergesse meinen Ärger. Aufgeregt laufen wir durch die leeren Räume, schauen durch alle Fenster und begutachten den Blick von den zwei Balkons. Eigentlich wohnen wir doch ziemlich weit oben! Von der einen Seite können wir auf einen S-Bahnhof sehen, von der anderen auf eine Straße und leerstehende Grundstücke, wo gebaut wird. Oft gucken die Leute, die unten vorbeigehen, zu uns herauf.
Nach ein paar Tagen sagt die Frau, die uns damals im Fahrstuhl ausgeschimpft hat, zu Dr. Shirazi, daß Maman Gardinen nähen soll. Wir würden mit unseren »schwarzen Köpfen« am Fenster zu sehr auffallen. Vater ärgert sich und

meint, daß wir erst einmal Wichtigeres kaufen müssen. Wir haben immer noch keine Betten und schlafen deshalb auf Matratzen auf dem Boden.
Die zwei Frauen, die direkt neben uns wohnen, scheinen nett zu sein. Wir verstehen nicht alles, was sie sagen, aber sie haben freundliche Gesichter. Die Jüngere heißt Rita und ist die Tochter der Älteren.

Um das Hochhaus herum sind große grüne Rasenflächen, auf denen Schilder mit der Aufschrift »Betreten verboten« stehen. Dr. Shirazi sagt, das bedeutet, daß wir nicht auf dem Rasen spielen dürfen. Als ich vor dem Haus mit Parvin Ball spiele, rollt er auf die Grünfläche. Zuerst traue ich mich nicht, den Ball zurückzuholen, aber irgendwie muß er da ja weg! Schließlich laufe ich schnell auf das Gras und stoße ihn mit dem Fuß zurück auf den Weg. Zum Glück hat das niemand gesehen. Als wir nach Hause kommen, hören wir Maman in der Küche klappern, und der köstliche Duft von Kebab weht uns entgegen. Endlich können wir wieder richtige Sachen essen!

Vater hat sich von Dr. Shirazi einen Kompaß geliehen und bestimmt damit die Himmelsrichtung, in der die Heilige Stadt Mekka liegt. Dann rollt er im Wohnzimmer einen kleinen Teppich aus, auf dem er sich nun nach Mekka gewandt hinstellt und betet.
Ich nehme mir vor, heute abend Mamans Tschador zu nehmen, mich damit zu bedecken und auch zu Gott zu beten,

weil er uns geholfen hat, eine Wohnung zu finden. Da ich noch zu klein war, habe ich in Teheran den Tschador nur tragen müssen, wenn ich in den Basar ging. Dann fühlte ich mich wie eine erwachsene Frau, auch wenn mir der Schleier oft heruntergerutscht ist. Aber das war nicht so schlimm, eher lustig.

»Shirin, lauf runter und hol etwas Sand vom Spielplatz«, ruft Maman aus der Küche.

Als ich mit der kleinen Schüssel voll Sand in den Fahrstuhl einsteige, treffe ich ein kleines Mädchen, das auch in unserem Haus wohnt.

»Was hast du denn da?« fragt sie mich.

Ich verstehe, was sie sagt, aber mir fehlt die Sprache, um ihr zu antworten.

»Eßt ihr Sand?« fragt sie weiter.

Ich schaue sie ganz verdutzt an, schüttele den Kopf und ärgere mich, daß ich nichts sagen kann.

»Hier ist dein Sand«, sage ich in der Küche zu Maman. »Ein Mädchen hat gefragt, ob wir ihn essen!«

»Was die Leute so über uns denken«, lacht Maman und fängt gleich an, damit den Kochtopf zu bearbeiten. »Dabei ist Sand die älteste, billigste und einfachste Methode, Töpfe sauberzubekommen!«

Es ist nun nicht mehr so kalt. Wenn die Sonne scheint, schickt Maman uns zur Sandkiste zum Spielen. Die ist aber fast ganz umgeben von dem Rasen, den wir nicht betreten dürfen. Hamid findet das grüne Gras wunderschön, und er kann überhaupt nicht verstehen, warum er nicht darauf herumkrabbeln darf. Immer wieder müssen wir ihn von dort wegholen. Dann schreit und zappelt er mit Händen und Füßen.

Die Frau vom Fahrstuhl hat es wohl auf uns abgesehen. Von ihrem Fenster aus kann sie direkt auf die Sandkiste schauen. Jedesmal, wenn sie Hamid auf dem Rasen sieht, macht sie ihr Fenster auf und fuchtelt aufgeregt mit den Armen. Sie hat sich auch schon beim Hausmeister beschwert, einem großen hageren Mann mit weißen Haaren, der immer eine blaue Latzhose trägt. Einmal ist er zu uns gekommen und hat geschimpft.

Wir haben alle Angst vor ihm, auch die anderen Kinder aus der Nachbarschaft, die wir hier treffen. Es sind auch ein paar größere Mädchen darunter. Wir lächeln uns manchmal an. Da wir ihre Sprache noch nicht sprechen, kann ich sie nicht fragen, warum sie nicht zur Schule gehen.

»In Hamburg sind gerade Ferien«, erklärt Marianne später, als sie zum Deutschunterricht kommt.

»Und wenn die vorbei sind, melde ich euch in der Schule an!« sagt Vater, der unser Gespräch gehört hat.

»Aber ich kann doch noch kein Deutsch«, sage ich ganz erschrocken.

»Das wirst du dann lernen«, meint Vater und liest weiter in seiner persischen Zeitung, die ihm ein Freund gegeben hat. Auch Sharife guckt besorgt, und wir haben Schwierigkeiten, uns auf Mariannes Unterricht zu konzentrieren.

5.

An dem Morgen, an dem Vater mit Sharife und mir zu der Volksschule geht, in der wir angemeldet werden sollen, regnet es. Ich möchte mich am liebsten von Vaters Hand losreißen und mich irgendwo verstecken.
Ich habe Angst vor der Schule. Ich habe Angst vor den Lehrern. Ob sie hier in Deutschland die Schüler auch schlagen, wenn sie nicht artig sind oder eine Antwort nicht wissen? Meine Lehrerin in Persien hat mir manchmal mit dem Lineal auf die flache Hand geschlagen. Das hat weh getan.
Der Weg zur Schule ist nicht weit. Als wir dort ankommen, regnet es immer noch. Auf dem Schulhof, unter einem Vordach, stehen viele Mütter und Väter mit ihren Kindern. Jedes Kind hält eine bunte Tüte im Arm. Vor dem Schulgebäude ist ein Papphase aufgestellt, der auch eine solche Tüte trägt, davor eine schwarze Tafel, auf der mit weißer Kreide etwas geschrieben steht. Ich buchstabiere, verstehe jedoch den Sinn nicht. Es muß etwas mit der Schule zu tun haben, denn jedes Kind wird zusammen mit dem Hasen fotografiert. Alle schauen dabei stolz in die Kamera.
Plötzlich sieht der Fotograf Sharife und mich. Er klatscht lachend in die Hände, schiebt uns zu dem Hasen und drückt jedem von uns eine bunte Tüte in die Arme, die er sich zuvor mit vielen Worten von zwei anderen Kindern ausgeliehen hat.

»Aber wir sind doch viel zu groß für so was«, sagt Sharife und sieht aus, als wolle sie weinen.
»Nun macht ein freundliches Gesicht!« flüstert Vater uns zu. »Das ist doch nur nett gemeint.«

Als alle Kinder mit ihren Eltern in dem Gebäude verschwunden sind, führt uns die Schuldirektorin in ihr Büro, unterhält sich eine Weile mit uns und meint schließlich, daß wir noch nicht genug deutsch sprechen können und auf eine andere Schule gehen müssen.
»So, Herr Mahalati«, erklärt sie, nachdem sie mehrere Telefongespräche geführt hat, »bringen Sie Ihre Töchter morgen zu dieser Schule. Hier ist die Adresse.«
Da Vater sie nicht gleich versteht, wird ihre Stimme immer ungeduldiger. Schließlich erklären wir ihm, was sie gesagt hat. Wir können zwar noch nicht deutsch sprechen, aber wir verstehen schon eine ganze Menge.

Am Nachmittag besucht uns Marianne, und Vater zeigt ihr den Zettel mit der Anschrift.
»Ich wußte gar nicht, daß es hier so etwas gibt«, sagt Marianne. »Das muß eine Sonderschule sein, in der vor allem ausländische Kinder unterrichtet werden.« Sie erklärt Vater, wie wir dorthin gelangen.
Wir erzählen Marianne von dem Papphasen und den buntverzierten großen Tüten.
»Das war der Osterhase«, erklärt Marianne und erzählt uns von dem Hasen, der den Kindern hier jedes Jahr bunte Eier und Hasen aus Schokolade bringt.

»Kommt der zu allen Kindern?« will Parvin gleich wissen.
»Eigentlich ja«, meint Marianne zögernd.
»Aber zu uns ist er nicht gekommen.«
»Vielleicht weiß er noch nicht, daß ihr hier wohnt.«
»Genau!« bestätigen Sharife und ich, und Parvin gibt sich damit zufrieden.
»Wißt ihr, was in den Schultüten drin ist?« fragt Marianne.
Wir schütteln den Kopf.
»Süßigkeiten«, raunt sie mit geheimnisvoller Stimme, »viele, viele Süßigkeiten!«
»Oh, wenn ich das gewußt hätte«, sagt Sharife, »dann hätte ich meine Tüte nicht wieder zurückgegeben!« Wir lachen.
Nachdem Vater zur Arbeit gegangen ist, kocht Maman Tee, und wir sitzen noch lange mit Marianne zusammen. Sharife legt Platten mit persischer Musik auf, und dann zeigen wir unserer Besucherin, wie in Persien danach getanzt wird. Maman trommelt dabei auf den Wohnzimmertisch, und Hamid gluckst vor Vergnügen.
»Das gefällt mir«, sagt Marianne immer wieder und lacht, »das ist schön!«

Am nächsten Tag fährt Vater mit Sharife und mir zu unserer neuen Schule. Sie liegt in einem anderen Stadtteil, und so müssen wir die Straßenbahn nehmen. Vater läßt sich auf einen der leeren Plätze fallen. Er hat Schweißperlen auf der Stirn, und ich sehe, daß er ganz grau im Gesicht ist.
»Bist du krank?« frage ich ihn leise.

»Nein, ist schon gut«, flüstert er und schaut aus dem Fenster. Die Schulleiterin, Frau Peters, erwartet uns bereits. Sie hat lustige helle Augen. Wir freuen uns, als wir erfahren, daß sie auch unsere Klassenlehrerin ist.

In meiner Klasse sind deutsche und ausländische Kinder. Ich sitze neben Sharife, die sonst immer eine Klasse über mir ist. Sie findet das bestimmt nicht gut. Aber Sharife kann sich trösten, manche Kinder sind wahrscheinlich noch älter als sie.
Frau Peters gibt uns die Bücher, die wir für den Unterricht brauchen. Sie sagt, daß wir uns Hefte kaufen sollen. Dabei spricht sie langsam und deutlich, und ich kann sie gut verstehen. Ich mag sie, und meine Angst vor der Schule ist wie verflogen.

Ein Mädchen in meiner Klasse heißt Kari. Mit ihren langen blonden Haaren, den blauen Augen und der hellen Haut sieht sie fast aus wie eine Puppe. Ich finde sie sehr hübsch. Ihr jüngerer Bruder Christen, der neben ihr sitzt, sieht ihr sehr ähnlich, nur hat er einen ganz verschmitzten Ausdruck im Gesicht. Die Lehrerin schimpft manchmal mit ihm, aber sie ist nie richtig böse. Ich glaube, Christen merkt, daß sie ihn mag. Dann sind da auch noch zwei japanische Mädchen. Sie haben immer weiße Papiertaschentücher mit, selbst wenn sie nicht erkältet sind. Und Suzanne kommt aus Afrika. Ihre Haut ist ganz dunkel. Sie ist sehr schüchtern und sagt fast nie was. Francesco, der Junge aus Italien, erinnert mich an Akbar, meinen Cousin. Ich muß ihn immer wieder anschauen. Aber er hat nur Augen für Kari. Renate, Johannes und Klaus sprechen am besten deutsch. Aber das ist auch klar, denn sie sind ja von hier.

Ganz anders als früher gehe ich nun gern zur Schule, und der Unterricht macht mir Spaß. Wir haben Bücher mit Lücken in den Texten, die wir ausfüllen müssen. Frau Peters schimpft fast nie und schon gar nicht, wenn ich Fehler mache. In Persien hat die Lehrerin mich immer bestraft, wenn ich etwas nicht begriffen habe, und ich mußte wegen meiner schlechten Noten in der hintersten Reihe sitzen. Jetzt sitze ich ganz vorn und nah bei der Lehrerin, weil ich neu bin und noch viel lernen muß.

Ich merke, daß ich jeden Tag etwas mehr Deutsch lerne, aber obwohl ich fast alles verstehe, traue ich mich nur selten, etwas zu sagen.

Auf der Fahrt zur Schule und zurück lese ich immer die Schrift auf den Ladenschildern. Wenn die Straßenbahn zu schnell fährt, schaffe ich manchmal nur die erste Hälfte eines Wortes. Das macht aber nichts, denn ich komme hier ja wieder vorbei. Beim nächsten Mal schaffe ich es dann ganz. In der Straßenbahn fragen uns die anderen Leute oft aus: »Wo kommt ihr her?« – »Was macht dein Vater hier?« – »Warum seid ihr nach Deutschland gekommen?« Am Anfang konnte ich nicht so gut antworten, weil mein Deutsch noch so schlecht war. Dann habe ich einfach nur gelächelt. Aber jetzt, wo ich ihre Fragen beantworten könnte, kommt

mir das alles langsam blöd vor. Warum wollen sie immer dasselbe wissen?
Ich mag es auch nicht, daß mich die Leute auf der Straße immer noch so neugierig anschauen. So viel anders sehen wir doch gar nicht aus, denke ich. Nur, daß wir schwarze Haare haben und etwas dunkler sind als die Deutschen.

Im Schaufenster des Spielzeugladens in unserer Straßen steht wieder so eine wunderschöne Puppe mit blonden Haaren. Jeden Tag gehe ich an ihr vorbei und schaue sie an. Die Puppe, die Maman mir in Persien genäht hatte, war auch schön mit ihren schwarzen Wollhaaren, und ich hatte sie sehr lieb. Leider ist sie inzwischen kaputt. Sie hat keine Arme mehr, und ihre Zöpfe habe ich auch schon längst abgeschnitten. Und überhaupt möchte ich so gern eine europäische Puppe haben. Eine mit blauen Augen, die sie öffnen und schließen kann. Aber Maman lacht mich aus und meint, ich sei albern. »Ein großes Mädchen wie du spielt doch nicht mehr mit Puppen!«
Ich weiß nicht, warum sie mich nicht versteht und über mich lacht! Manchmal denke ich, daß Maman mich nicht mag.
Einmal, als ich mich wieder mit Maman deswegen streite und Mama-Rita – so nennen wir unsere ältere Nachbarin – zufällig bei uns ist, fragt sie, was denn los ist. Maman versucht ihr zu erklären, warum sie mir keine Puppe kaufen will. Ich helfe ihr dabei und übersetze so gut ich kann, daß ich nach Mamans Meinung zu alt dafür bin.
»Sag deiner Mama, daß ich Rita sogar noch eine Puppe zu

ihrem fünfzehnten Geburtstag geschenkt habe! Da war sie viel älter als du.«
Maman will ihre Meinung einfach nicht ändern, aber ihr fehlen die deutschen Worte, um es zu erklären. Mama-Rita korrigiert sie und spricht langsam vor, wie es richtig heißen muß. Maman versucht ihre Worte nachzusprechen. Sie kichert dabei wie ein junges Mädchen, und vor lauter Lachen vergessen wir beide den Streit.

Rita hat lange, schwarzgefärbte Haare, die sie sich zu einem Pferdeschwanz zusammenbindet. Ihr Freund Horst sieht ganz toll aus. Seine Frisur ist wie die von dem Sänger, dessen Bild in Ritas Zimmer hängt und der Elvis heißt. Sie mögen ihn beide, und sie tanzen oft im Wohnzimmer nach seiner Musik. Dabei wirbelt Horst Rita so durch die Luft, daß mir der Atem stockt. Manchmal fährt Rita hinten auf Horsts Motorrad mit. Einmal wurden sie von mindestens zwanzig anderen Motorradfahrern und ihren Freundinnen abgeholt. Die jungen Männer sahen alle so aus wie Elvis. Die ältere Frau, die immer schimpft, hat sich furchtbar aufgeregt. Ich habe nicht verstanden, was sie gesagt hat.
Manchmal besuche ich Rita. Dann liest sie mit mir Bücher, flicht mir Zöpfe und bringt mir das Tanzen bei. Einmal, als ich bei ihr war, habe ich gesehen, wie Rita und Horst sich geküßt haben. So wie die zwei in Frankfurt. In Persien kommt man bestimmt ins Gefängnis, wenn man sich auf der Straße oder im Beisein von anderen so küßt und nicht verheiratet ist.

Und dann wünsche ich mir etwas ganz Schlimmes: Wenn ich groß bin, möchte ich auch einen Freund haben und ihn so küssen, wie Rita Horst küßt. Wenn ich das denke, schäme ich mich, und ich bin froh, daß niemand meine Gedanken lesen kann.

6.

Das Wetter wird immer schöner, der Himmel ist blau, die Sonne scheint, und es regnet nicht mehr so oft wie in den ersten Schulwochen. Wenn ich am Nachmittag mit Hamid und Parvin zur Sandkiste gehe, halte ich oft mein Gesicht in die Sonne, schließe die Augen und stelle mir vor, daß ich in unserem Garten in Teheran sitze.

Hamid hat seit ein paar Tagen einen kleinen Freund. Michael kommt jeden Nachmittag mit seiner Oma zur Sandkiste. Immer wenn er auftaucht, schaut er erst einmal, ob Hamid auch da ist. Dann jauchzt er, und gleich fangen die beiden Kleinen an, Sandkuchen zu backen. Die Formen dazu holt Michaels Oma aus einer großen Plastiktüte.

Parvin ist schüchtern und traut sich oft nicht zu den anderen Kindern heran. Jedesmal wenn Sharife oder ich sie dazu auffordern, klammert sie sich an uns fest. »Die fressen dich doch nicht auf«, sagen wir dann. Aber das nützt nichts. So müssen wir mit ihr spielen. Dabei finde ich, daß wir viel zu groß für die Sandkiste sind.

Bis auf den kleinen Michael haben wir noch keinen Kontakt zu den Nachbarskindern bekommen. Dafür verstehen wir uns mit unseren Mitschülern gut. In den Pausen spielen wir Fangen oder Verstecken miteinander. Ich glaube, diese Spiele kennen alle Kinder auf der ganzen Welt. Dazu brauchen wir keine Worte. Obwohl einige von uns nicht gut deutsch sprechen, unterhalten wir uns bestens. Irgendwie klappt es, und wir erfahren viel voneinander. Daß Suzanne früher in Afrika Hühner und Ziegen hatte, daß Kari und Christen aus Norwegen kommen und bei ihnen im Sommer die Sonne nicht untergeht, daß Francesco gern im Meer badet, die beiden japanischen Mädchen später Malerinnen werden wollen und Renate eine Katze hat.

Und dann sind die Sommerferien plötzlich da. Die Sonne scheint fast jeden Tag, und an manchen Tagen ist es so warm, daß wir unsere Sommerkleider aus Persien tragen können. Sharife und ich mögen die aber nicht mehr. Unsere alten Sachen sehen hier in Hamburg gar nicht so schön aus wie zu Hause. Eins von meinen Kleidern finde ich ganz besonders scheußlich. Es ist viel zu lang, hat überall Rüschen, und das Blumenmuster ist mir zu bunt. Die Mädchen hier haben viel kürzere Röcke. Ich streite mich mit Maman, aber die meint, ich soll es anziehen. »Dann gucken die Leute mich so komisch an«, schimpfe ich. »Und das mag ich nicht!«

»Ich mache es dir etwas kürzer«, meint Maman. »Aber jetzt hör auf zu quengeln.«

»Kannst du uns nicht etwas Neues kaufen?« fragt Sharife.

»Vielleicht später«, seufzt Maman. »Wenn wir mehr Geld haben.«

Also tragen wir die alten Kleider, die Maman uns kürzer näht. Sie sind jetzt zwar nicht mehr so häßlich wie vorher, aber trotzdem sieht man ihnen an, daß sie nicht von hier sind.

Ich vermisse die Schule mit den Kindern. Ein paarmal gehen wir mit Maman im Park spazieren. Dort setzt sie sich auf die

Bank am Teich, und wir füttern die Enten. Dabei flattert Parvin wie ein kleiner Schmetterling um uns herum.
Wir fallen auf, und viele Leute bleiben stehen und beobachten uns. Maman tut so, als würde sie die Blicke nicht bemerken. Mir kann sie jedoch nichts vormachen. Ich weiß, daß sie das Angestarrtwerden auch nicht mag.
An den anderen Tagen gehen Sharife und ich mit Hamid und Parvin zur Sandkiste. Uns ist langweilig, denn wir haben immer noch keine Freunde gefunden. Wir schauen den Kindern zu, wie sie farbige Reifen um ihre Hüften, Arme, Beine oder den Hals kreisen lassen. Ein Mädchen ist besonders geschickt und tanzt mit dem Hula-Hoop-Reifen – so heißt der nämlich – so lange, bis sie vor Anstrengung nicht mehr kann. Es sieht sehr lustig aus, und ich merke, wie ich ganz unruhig werde. Wenn ich doch auch nur mitspielen könnte! Maman läßt sich erweichen und gibt uns Geld für zwei Hula-Hoop-Reifen. Erst einmal üben wir zu Hause, bis wir schon ganz gut damit umgehen können, dann laufen wir zur Sandkiste, tanzen mit den anderen Kindern mit und passen gleichzeitig auf Hamid und Parvin auf. Das eine Mädchen, das ich vor einigen Tagen so bewundert hatte, lacht mich freundlich an.
In den letzten zwei Ferienwochen freunden wir uns mit Beate und Erika an, die in Hamburg bei ihrer Tante auf Besuch sind. Sie setzen sich zu uns auf die Bank, und bald unterhalten wir uns miteinander. Sie sprechen ein ganz witziges Deutsch. Am Anfang können wir sie kaum verstehen. »Wir kommen aus München«, sagen sie. »Da sprechen alle Leute so.«

Die anderen Kinder beobachten uns und hören uns neugierig zu. Dann setzen sie sich auch auf die Bank, und es ist, als würden wir uns schon lange kennen.
Komisch ist das, denke ich. Zuerst hat hier niemand mit uns geredet und jetzt plötzlich alle. Durch unsere zwei Freundinnen finden wir neue Freunde. Wir spielen jeden Tag zusammen, vergleichen unsere Kunststücke mit dem Hula-Hoop-Reifen und haben viel Spaß miteinander. Nur die ältere Frau aus unserem Haus ärgert sich, weil wir ihr nun zu laut sind.
Aber dann sind die Ferien zu Ende, und Beate und Erika reisen wieder ab. Wir sind traurig und versprechen uns zu schreiben.

7.

Ein leichter Wind weht und kühlt unsere vom Toben erhitzten Gesichter. Wir verstecken uns hinter den schlanken hohen Bäumen, spielen Fangen, laufen über die Felder, essen die kleinen Gurken, die dort wachsen. Dann laufen wir zu dem großen Walnußbaum, stellen uns darunter und schlagen mit Stöcken die grünen Nüsse herunter.

»Shirin ...!« höre ich Maman.

Ich setze mich zu Großmutter, zu Achtar, zu meinen Cousins und Cousinen, Tanten und Onkel. Sie sind alle gekommen.

»Shirin ...!« ruft Maman.

Ich esse von der in Scheiben geschnittenen roten Wassermelone, passe auf, daß nichts von dem süßen Saft verlorengeht, und schaue lachend in die Gesichter meiner Verwandten. Auf dem Sofre – das ist das Tuch, um das wir sitzen – haben die Frauen die verschiedensten Gerichte ausgebreitet. Maman hat Kirschreis mit Mandeln und einen leckeren Gemüsepfannkuchen gemacht. Von meinen Tanten stammen die anderen Köstlichkeiten.

»Shirin ...!«

»Ich komme gleich«, murmele ich und trinke noch einen Schluck Dugh, das erfrischende Joghurtgetränk.

»Du kommst zu spät!« Maman rüttelt mich an der Schulter. »Hörst du denn nicht? Du mußt doch zur Schule!«

Wie benommen setze ich mich auf. Ich habe das alles nur

geträumt, und trotzdem kommt es mir so vor, als hätte ich gerade eben Dugh getrunken.
»Was hast du?« fragt Maman.
»Nichts«, sage ich und möchte mich am liebsten unter meine Decke verkriechen, die Augen schließen und den Traum zurückholen.
Später in der Straßenbahn weiche ich den Blicken der anderen Fahrgäste aus. Ich tue einfach so, als ob ich sie nicht sehen würde, und versuche mich an meinen Traum zu erinnern. Doch das gelingt mir nicht. Denn je näher ich der Schule komme, um so aufgeregter werde ich. Als ich endlich aus der Straßenbahn aussteige, laufe ich mit schnellen Schritten los.
»Warte doch!« höre ich Sharife hinter mir her rufen.
Aber ich halte erst im Schulhof an. Da stehen Suzanne und Kari, und ich merke, daß ich trotz meines Heimwehs froh bin, wieder hier zu sein.
Im Unterricht sollen wir von unseren Ferienerlebnissen erzählen. Kari und Christen waren bei ihren Großeltern in Oslo. Dort haben sie ihre alten Freunde wiedergetroffen.
Ich beneide sie so sehr! Ich wäre auch gern nach Persien gereist, hätte Großmutter wiedergesehen und mit Achtar gespielt, mit ihnen Picknick gemacht – wie in meinem Traum.

»Wann gehen wir wieder nach Teheran?« frage ich Maman, als ich von der Schule nach Hause komme.
»Ich weiß nicht«, antwortet sie.
»Ja, aber wann?« schreie ich sie an.

»Vielleicht nächstes Jahr.«
Gut, denke ich. Dann dauert es ja nicht mehr lange.

Eigentlich ist es oft langweilig zu Hause, und ich weiß nicht, was ich machen soll.
In der Nähe unseres Hauses gibt es einen Wochenmarkt und viele verschiedene Geschäfte. Sharife und ich begleiten Maman immer beim Einkaufen, aber bald schickt sie uns alleine los. Das finde ich gut, weil das etwas Abwechslung bringt.
Da ich mich auf dem Markt nach kurzer Zeit gut auskenne, weiß ich, bei wem ich etwas preiswerter bekomme und wer besonders teuer ist. Als ich einmal eine Birne anfasse, schnauzt mich der Mann am Stand an, ich solle das seinlassen. Ob er gedacht hat, ich wollte sie klauen?
Eine Marktfrau mag ich besonders gern. Sie ist klein und rundlich, ihre Wangen sind so rot wie die Äpfel, die sie verkauft. Sie hat kleine pfiffige Augen und eine ganz hohe Stimme.
»Na, mien Deern«, sagt sie immer zu mir und fragt mich dann in ihrem Hamburger Platt aus, das ich verstehen, aber nicht sprechen kann.

Jeden Sonntag gibt es Kinderprogramm im Kino bei uns um die Ecke. Sharife und ich überreden Maman so lange, bis sie uns Geld für die Vorstellung gibt. Meistens werden Märchen gezeigt, aber manchmal gibt es auch Indianer- und Cowboyfilme. Ich bin jedesmal auf der Seite der Indianer. Die Weißen tun immer so, als ob sie etwas Besseres wären, und das mag ich nicht.

Über einen Film habe ich mich ganz besonders geärgert. Da hat einer einen Araber gespielt, der zu Allah gebetet hat. Dabei hat er nur dummes Zeug gebrabbelt und blöde Verrenkungen gemacht, und alle Zuschauer haben gelacht. Die haben natürlich gedacht, das islamische Gebet sieht so albern aus. Ich weiß aber, daß das nicht stimmt.
Von Großmutter habe ich das islamische Gebet in arabischer Sprache gelernt. Wenn ich es bete, spreche ich also zu Allah, weil Gott auf arabisch so heißt. Wenn ich in meiner Sprache mit Gott spreche, nenne ich ihn Choda, denn so heißt das Farsi-Wort für Gott. Allah, Choda und Gott sind ein und derselbe. Aber die Kinder lachen, wenn sie nur das Wort Allah hören. Sie wissen nicht, daß sie dabei über den Gott lachen, an den auch sie glauben.
Wieso wissen sie das nicht?

Ich habe Salat für Rita gekauft. Als sie mir die Tür öffnet, sehe ich, daß sie ganz rotgeweinte Augen hat. Sie nimmt mir die Einkaufstüte ab und trägt sie in die Küche. Ich laufe ihr hinterher und setze mich im Wohnzimmer zu ihr aufs Sofa. Obwohl ich viel jünger bin als sie, erzählt Rita mir viel von sich. So erfahre ich, daß sie sich mit Horst gestritten hat.
»Horst ist böse auf mich, weil ich gestern abend so viel mit einem anderen Jungen getanzt habe.«
»Horst war traurig«, meine ich.
»Nein, sauer!« schimpft Rita. »Er hat mich vor allen anderen angebrüllt.«
»Vielleicht auch traurig«, sage ich noch einmal.

»Meinst du?« Rita schaut mich ernst an. »Ich glaube, ich rufe ihn gleich mal an«, sagt sie dann. Ich lasse sie allein.
Als ich mit Hamid am späten Nachmittag vom Spielplatz nach Hause komme, laufe ich an der Eingangstür Horst in die Arme. Im Fahrstuhl drücke ich auf die 2 und lächle ihn dabei an. Er bekommt einen roten Kopf, und irgendwie wirkt er sehr aufgeregt. Oben macht Rita sofort beim ersten Klingelton ihre Wohnungstür auf, und die beiden umarmen sich.
Die Idee, daß sie ihn anrufen soll, hat sie von mir, denke ich und bin ganz stolz.

Dr. Shirazi hat Vater die Adresse eines befreundeten Arztes gegeben. Er sagt, Vater soll sich von ihm gründlich untersuchen lassen.
»Ich bin nicht krank«, protestiert Vater. »Es ist nur die Umstellung!«
»Mag sein«, meint Dr. Shirazi, »aber eine Untersuchung kann nicht schaden. Und eines kann ich dir jetzt schon sagen: Du mußt mit dem Rauchen aufhören!«
Heute morgen ist Vater zu dem Arzt gegangen. Auf dem Weg zur Schule muß ich immer wieder an ihn denken. Hoffentlich ist er nicht krank!
Am Abend holt Vater seine Zigarettenschachtel aus der Tasche, öffnet sie und zerkrümelt vor unseren erstaunten Augen eine Zigarette nach der anderen. »Ich bin nicht krank«, sagt er zu Maman. »Ich muß nur aufpassen und darf nicht mehr rauchen!«

»Hast du Bauchweh?« fragt Parvin.
»Manchmal«, sagt Vater zögernd, und ich merke, daß er nicht darüber reden will.
»Mußt du wieder ins Krankenhaus?« bohrt sie weiter.
»Geh zu deiner Mutter!« donnert er sie plötzlich an, so daß sie zusammenzuckt, zu Maman rennt und den Kopf in ihrem Schoß vergräbt.
»Laßt euren Vater in Ruhe«, sagt Maman leise und streichelt beruhigend über Parvins Haare.
Als wir am nächsten Tag beim Mittagessen sitzen, hören wir, wie jemand die Tür aufschließt. Parvin rennt aus dem Zimmer und begrüßt Vater. Erstaunt schauen wir uns an. Er kommt sonst nie so früh nach Hause. Mit langsamen, schleppenden Schritten geht er über den Flur ins Schlafzimmer. Maman steht erschrocken auf, um nach ihm zu schauen. Nach einer Weile kommt sie zurück. »Seid leise«, flüstert sie. »Vater schläft sich gesund.«
»Er ist nicht krank«, sagt Parvin bestimmt. »Hat er gesagt!«

Die Blätter der Bäume sind nicht mehr grün, haben sich verfärbt und fallen ab. Wir sollen besonders schöne Blätter sammeln und sie mit in die Schule bringen. Wir kleben sie auf Papier auf und machen daraus schöne Herbstbilder.
Es ist auch schon kühler geworden, und ich darf meinen schönen roten Mantel wieder anziehen.
Komisch, seitdem Beate und Erika fort sind, ist es wieder wie früher. Die anderen Kinder spielen nicht mehr mit uns

und tun so, als würden sie uns gar nicht kennen. Nur der kleine Michael ist wie immer und spielt am liebsten mit Hamid.

Erika und Beate haben uns geschrieben, und wir erfahren, daß es auch bei ihnen in München kalt geworden ist.
Mama-Rita sagt, daß es in Süddeutschland Deutsche gibt, die so dunkel sind wie wir. Vielleicht hätte Vater mit uns lieber nach München ziehen sollen. Aber noch besser wäre es gewesen, wenn wir nach Frankreich ausgewandert wären. Dr. Shirazi hat erzählt, daß es in Frankreich warm ist und daß viele Franzosen dunkelhäutig sind und schwarze Haare haben – so wie wir.

Seitdem Rita und Horst sich wieder vertragen, sehen sie sich jeden Tag. Heute zeigt Rita mir ihren Ring und sagt, daß sie sich verlobt haben.
»Wann heiratet ihr?« frage ich sie.
»Das wissen wir noch nicht«, meint sie. »Erst einmal muß Horst seine Lehre zu Ende machen.«
Ich erzähle Maman von Rita, und sie sagt, daß es so etwas in Persien nicht gibt. »Da verlobt man sich nicht, da wird man verlobt.«
Als Vater, der sich auf dem Sofa ausruht, mitbekommt, worüber wir uns unterhalten, schimpft er mit mir. »Wieso interessierst du dich für so etwas?«
Ich tue einfach so, als würde ich ihn nicht hören. Er versteht mich ja doch nicht.

»Soll ich dir einen Tee machen?« fragt Maman und lenkt ihn damit von dem Thema ab. Dann ruft sie mich in die Küche und drückt mir das Tablett in die Hände. »Bring das deinem Vater, und reg ihn nicht mehr auf«, flüstert sie mir zu.
»Aber ich habe doch gar nichts gesagt!« brause ich auf.
»Pst! Sag einfach gar nichts! Dein Vater ist noch nicht ganz gesund und braucht Ruhe!«
Das verstehe ich nicht. Seitdem Vater in Behandlung ist, sieht er nicht mehr so grau aus im Gesicht, und er sagt doch immer, es gehe ihm viel besser. Wie kommt es dann aber, daß er so bedrückt ist? Er lacht nie, ist nie fröhlich, und er hat oft schlechte Laune, die er dann an uns ausläßt.
Vielleicht hat er Heimweh, denke ich. So wie ich.

8.

Heute morgen beim Aufstehen schaue ich aus dem Fenster und sehe überall Schnee liegen! In Teheran schneit es auch und manchmal ganz viel, doch richtig erinnern kann ich mich nur an ein einziges Mal. Da lag aber nicht soviel Schnee auf der Straße, und ich weiß noch, wie ich auf einer kleinen vereisten Pfütze hin und her geschliddert bin. Das hat Spaß gemacht! So vorsichtig, wie die Leute da draußen sich vorwärtsbewegen, muß man wohl auch gut auf dem Schnee rutschen können. Ich kann es kaum abwarten, bis ich hinaus darf.

»Komm, beeil dich!« rufe ich Sharife zu, und endlich laufen wir nebeneinander zur Straßenbahn. Immer wieder bleiben wir stehen und kratzen den Schnee von den Autofenstern. Meine Finger sind bald ganz rot und schmerzen vor Kälte. Aber das macht mir nichts aus. Wenn bloß Achtar hier wäre, denke ich. Die würde staunen!

In der Schule unterhalten wir uns über den Schnee. Heute ist irgendwie ein besonderer Tag!

Frau Peters sagt, daß bald Weihnachten ist, und sie fragt uns, ob wir wissen, was das ist. Einige melden sich und erzählen, wie das Fest bei ihnen gefeiert wird. Sharife und ich schütteln den Kopf. Nein, wir kennen das alles nicht.

Dann erzählt Frau Peters, was Weihnachten in Deutschland bedeutet: An Weihnachten wurde Jesus, der Sohn Gottes, geboren. Die Christen feiern seine Geburt, und sie beschenken sich gegenseitig. Auch wir Muslime kennen Jesus. Für uns ist er ein Prophet.

»Wißt ihr denn, was ein Weihnachtsbaum ist?« fragt Frau Peters weiter. Wieder schütteln wir den Kopf. Renate meldet sich und beschreibt, wie hier zur Weihnachtszeit jede Familie einen Tannenbaum schmückt.

Unsere Lehrerin zeigt uns ein Bild, auf dem ein wunderschöner, bunter Baum abgebildet ist. Mit seinen roten Kugeln, Silberfäden und brennenden Kerzen sieht er ganz toll aus. Davor sieht man zwei Kinder. Das Mädchen spielt mit ihrem Teddy, und der Junge sitzt auf einem Schaukelpferd. Die Eltern schauen ihnen dabei zu.

Das muß ein schönes Fest sein, denke ich und bin ein bißchen neidisch.

In der Pause stehen wir auf dem Schulhof, stecken unsere kalten Hände in die Manteltaschen und stampfen mit den Schuhen Spuren in den Schnee.

Frau Peters unterhält sich mit Kari. Ich gehe zu ihr hin und möchte ihr auch etwas sagen. Lange stehe ich neben ihr. Schließlich schaut sie mich an und lächelt. »Nun, Shirin?«

»Ich ... ich bin kalt!« sage ich endlich.

»Möchtest du mir sagen, daß dir kalt ist?« fragt sie mich.

Ich nicke. »Dann mußt du sagen: Mir ist kalt«, erklärt sie. »Aber gut machst du das! Nur weiter so!«

Ich bin stolz, auch wenn der Satz nicht ganz richtig war.

Nicht nur auf den Straßen und Wegen, auf Bäumen, Sträuchern und Autos liegt Schnee, sondern auch in den Schau-

fenstern! Natürlich ist der Schnee hinter den Fensterscheiben der Geschäfte nicht echt, aber toll sieht er aus! In der Parfümerie dekoriert er Seifen und Fläschchen, beim Bäcker ist er auf einem mit bunten Lichtern geschmückten Tannenbaum aus Pappe ausgestreut, und im Fenster vom Spielzeugladen fahren die Puppen und Kuscheltiere Schlitten.
In unserer Straße steht ein großer, mit elektrischen Lichtern geschmückter Weihnachtsbaum. Im Radio läuft Weihnachtsmusik, und Frau Peters liest uns jeden Tag eine Weihnachtsgeschichte vor. Da gibt es einen ganz lieben alten Mann, den sie Weihnachtsmann nennt. Er kommt in die Häuser und bringt den Kindern Geschenke.
Ob er uns auch besuchen wird? Oder kommt er nur zu den Kindern, die einen Weihnachtsbaum haben?
Als ich mit Parvin und Maman auf den Wochenmarkt gehe, sehe ich einen Stand, an dem zwei Männer Tannenbäume verkaufen. Während Maman bei meiner Lieblingsmarktfrau einkauft, beobachten Parvin und ich einen Vater, der mit seinen beiden Kindern einen Baum aussucht. Die Kleinen haben vor Aufregung ganz rote Backen.
Plötzlich läßt Parvin meine Hand los und rennt zu Maman hinüber.
»Maman, kaufen wir auch einen Weihnachtsbaum?« Sie hüpft aufgeregt von einem Bein aufs andere.
»Wozu brauchen wir einen Weihnachtsbaum?« fragt Maman zurück und schüttelt den Kopf.
»Für meinen Stern!« Parvin hat ihn im Kindergarten aus Stroh und Goldpapier gebastelt.

Das Schöne an Weihnachten ist, daß es dann Ferien gibt. Und plötzlich ist es soweit. Mama-Rita erzählt uns, daß morgen Heiligabend ist.
»Ich weiß«, sagt Parvin, »ich habe meinen Stern an den großen Baum gehängt!«
»An welchen Baum?« fragt Rita.
»Komm«, sagt Parvin, nimmt ihre Hand und zieht sie zum Fenster. Unten auf der Straße steht hell erleuchtet der große Weihnachtsbaum, und an seinem untersten Zweig können wir von hier aus den großen Goldstern sehen, den Parvin im Kindergarten gebastelt hat.
»Das hast du gut gemacht«, lobt Rita, und Parvin blickt stolz um sich.

Am Heiligabend sitze ich am Fenster und schaue hinaus in die weiße Welt. Noch vor wenigen Stunden habe ich die Leute beobachtet, wie sie hastig in die Geschäfte eilten, um noch etwas einzukaufen. Jetzt sind die Läden geschlossen, und ich sehe nur noch wenige Fußgänger, die neue Spuren im frischen Schnee hinterlassen. Ein alter Mann und sein Hund spazieren Richtung Park, und ein Vater mit seinen Kindern läuft einmal um den Block, bevor er wieder ins Haus zurückgeht. Hinter den Gardinen sehe ich Weihnachtsbäume mit brennenden Kerzen und Menschen, die davor stehen.
Der Duft von Mamans Essen zieht mir in die Nase. Weil heute ein Feiertag ist, hat Maman etwas Besonderes gekocht, nämlich Fessendjun-Huhn mit Reis. Die Soße dazu wird eigentlich aus Granatapfelsaft und gemahlenen Walnüssen

zubereitet. Aber Maman hat in den Gemüsegeschäften und auf dem Markt keine Granatäpfel gefunden. »Dann muß ich die Soße eben anders machen«, hat sie gemeint. »Jedenfalls habe ich die Walnüsse dazu!«

Den ganzen Nachmittag mußten Sharife und ich ihr helfen, die Nüsse im Mörser zu zerstampfen. Dabei hat Maman uns erzählt, wie sie und ihre Schwestern früher ihrer Mutter im Haushalt geholfen haben. »Meine Mutter hatte selbst ja fast nie Zeit zum Kochen. Keine andere Frau war soviel unterwegs wie sie. Als mein Vater starb, war ich erst acht Jahre alt, und nach seinem Tod mußte sie seine drei Läden weiterführen. Meine Schwester, eure Tante Massume, und ich haben den Haushalt geführt und die kleineren Geschwister versorgt. Manchmal kam Mutter erst spät am Abend vom Basar zurück. Und obwohl sie müde und abgespannt war, setzten wir uns immer noch zusammen und erzählten, was an diesem Tag los gewesen war. Später, als meine Brüder groß genug waren, haben sie ihr die Arbeit im Basar abgenommen.«

Ich versuche mir vorzustellen, daß ich ein Kind von einer dieser Familien im Haus gegenüber bin. Wir haben einen Weihnachtsbaum, und auch für mich liegen Geschenke darunter. Und dann singen wir zusammen ein Lied, und alle sind glücklich.

Plötzlich sehe ich einen Mann in einem weiten roten Mantel mit einem langen weißen Bart und einem Sack auf dem Rücken. Ich glaube, ich träume, aber da ist tatsächlich der Weihnachtsmann! Er stapft zu dem Haus gegenüber, klingelt dort und verschwindet dann darin. Doch schon erscheint er wieder in der Wohnung in der zweiten Etage und geht hinüber zum Weihnachtsbaum, um den die Familie versammelt ist. Schade, daß ich nicht erkennen kann, was für Geschenke er mitgebracht hat.

Zu meinem großen Erstaunen entdecke ich auf der Straße einen zweiten Weihnachtsmann. Er hat das gleiche an wie der erste, trägt auch einen Sack und geht in dasselbe Haus, aber zu einer anderen Wohnung. Was sie wohl sagen, wenn sie sich auf der Treppe begegnen?

»Sharife, komm her!« rufe ich. »Ich habe gerade einen Weihnachtsmann gesehen, und dann noch einen. Ich dachte, es gibt nur einen!«

Plötzlich klingelt es an unserer Tür, und Sharife öffnet. Ich höre ihre Überraschungsrufe und laufe zu ihr hinaus in den Flur. Auch Parvin kommt angerannt, gefolgt von Hamid. Mit großen Augen schauen wir alle auf den mit Tannenzweigen, kleinen Sternen und langen Silberstreifen dekorierten Geschenkkorb.

Sharife nimmt die darauf liegende Karte und liest ganz feierlich: »Frohe Weihnachten.«

»Ist das vom Weihnachtsmann?« fragt Parvin.

Sharife und ich schauen uns an. »Ich glaube, ja«, sage ich zögernd und denke an die rotgekleideten Männer, die ich eben noch beobachtet habe.

»Bestimmt!« sagt Sharife.

»Was das?« brabbelt Hamid und grabscht nach einem der Sterne.

»Schau«, sagt Sharife zu ihm, »schau, was der Weihnachtsmann uns gebracht hat.«
Wir packen den Korb aus. Für jeden ist etwas dabei. Sharife hat einen neuen Füllfederhalter bekommen. Parvin einen weißen Kuschelhund und Hamid einen weichen Teddybär. Langsam mache ich mein Geschenk auf. Zuerst sehe ich ihre Füße – und dann halte ich die Puppe in meinen Händen. Meine Puppe! Sie kann die Augen öffnen und schließen und Mama sagen. Ganz verliebt streiche ich ihr über die langen blonden Haare. Wer hat davon gewußt? frage ich mich. Doch nur Maman und – ich schaue zur Nachbarwohnung hinüber – Mama-Rita und Rita. Täusche ich mich, oder höre ich wirklich ein leises Rascheln hinter ihrer Tür?

Am nächsten Morgen treffen wir die beiden im Flur. Sie haben sich fein angezogen, und sie erzählen, daß sie eine Tante besuchen wollen.
»Na, ist der Weihnachtsmann auch zu euch gekommen?« fragt Rita.
Hamid streckt ihr seinen Teddy entgegen, den er seit gestern abend ständig mit sich herumschleppt, und Parvin erzählt von dem Korb mit den Geschenken. Ich gucke in Ritas Gesicht und auch in das von Mama-Rita und versuche herauszufinden, ob sie irgendwie anders schauen als sonst. Ich sehe, daß sie sich freuen, aber etwas Verdächtiges kann ich in ihren Mienen nicht erkennen. Vielleicht, überlege ich, vielleicht war es doch der Weihnachtsmann?

9.

Nach den Weihnachtsfeiertagen haben wir immer noch Ferien. Die Geschäfte sind aber wieder geöffnet, und die Weihnachtsdekoration in den Schaufenstern verschwindet oder wird verändert. Um den verschneiten künstlichen Tannenbaum beim Bäcker sind jetzt bunte Luftballons und Girlanden drapiert. Kleine Törtchen liegen wie zufällig nebeneinander, auf jedem ist mit Zuckerguß ein Buchstabe gemalt. Ich lese: »FROHES NEUES JAHR.« Im Spielzeugladen sitzen und liegen die Puppen und die Kuscheltiere um vier Ziffern aus Silberpapier herum: 1961.
Mama-Rita erklärt mir, warum es heute draußen immer so knallt. »Das sind die Kinder, die den Silvesterabend nicht abwarten können.«
Das kann ich gut verstehen, denke ich. Ich bin gespannt, was dieser Tag noch alles bringt. Immer wieder frage ich Maman, ob sie nicht noch etwas braucht. Dann laufe ich los, kaufe für sie ein und schaue mir die Schaufenster an oder beobachte die kleinen Jungen mit ihren Knallfröschen.
Bevor Mama-Rita und Rita dann zu ihren Freunden zum Feiern gehen, kommen sie zu uns und wünschen uns »einen guten Rutsch ins neue Jahr«. Das sagt man hier so. Und als Marianne uns anruft, sage ich es zu ihr.
Am Abend kommt Dr. Shirazi uns besuchen.
»Silvester wird hier ganz groß gefeiert«, erklärt er. »Es wird viel getrunken und getanzt, und manche Leute neh-

men sich für das neue Jahr etwas vor, was sie verändern möchten.«
Maman hat eines unserer Lieblingsessen gekocht. Bis auf Hamid mögen wir alle Ghejme, ein Fleischgericht mit persischem Reis. Nach dem Essen trinken wir süßen schwarzen Tee.
»Das tut gut, nach dem schweren Essen«, meint Vater und zündet sich eine Zigarette an.
»Seit wann rauchst du denn wieder, Mahalati?« fragt Maman leise. Sie redet ihn immer mit dem Familiennamen an.
»Ach, das hat nichts zu sagen!« antwortet Vater unwillig. Dann stehen er und Dr. Shirazi auf. Sie gehen mit ein paar Freunden ein bißchen feiern, sagen sie. Wir Kinder machen lange Gesichter, sind enttäuscht, daß wir nicht mitdürfen. Nur Maman läßt sich nichts anmerken.
Nachdem sie Hamid und Parvin schlafen gelegt hat, geht auch sie ins Bett. Ich setze mich mit Sharife ans Fenster, und wir beobachten die bunten Lichter, die immer mal wieder in den dunklen Nachthimmel geschossen werden. Es ist schon sehr spät, als plötzlich aus allen Häusern Leute auf die Straße strömen. Manche sind betrunken. Sie feuern Raketen in die Luft, die den Himmel mit bunten Sternen übersäen, und alle freuen sich, daß das neue Jahr angefangen hat. Hamid wacht auf und kommt zu uns ans Fenster getappt.
»Schau, Hamid«, sagt Sharife. »Draußen wird gefeiert!«
Vater kommt irgendwann mitten in der Nacht nach Hause. Er schläft ganz lange, und als er am Mittag aufsteht, spricht Maman kein Wort mit ihm. Ich glaube, sie ist böse auf ihn.

Am Nachmittag klingelt es. Eine junge Frau steht vor der Tür. Vater stellt sie uns vor. Sie heißt Rene, und sie wird in das kleine Zimmer einziehen. Sie kommt aus der Tschechoslowakei und besucht hier eine Kosmetikschule. Ihre kinnlangen, blonden Haare liegen wie ein steifer Ballon um ihren Kopf herum.

»Die sind toupiert«, erklärt sie, als ich dauernd ihre Haare anstarre, und gleich bei ihrem ersten Besuch zeigt sie uns Mädchen, wie man sich so frisiert. Sharife und ich kämmen uns gegenseitig, und beim Toupieren kichern wir und schreien manchmal, weil das so ziept. Sharife sieht mit dieser Frisur richtig erwachsen aus und eigentlich auch viel hübscher als Rene.

Ich freue mich, daß Rene zu uns zieht. Dann ist es bestimmt nicht mehr so langweilig wie bisher. In Teheran war immer etwas los, und wenn es Feste zu feiern gab, dann feierten wir sie mit der ganzen Familie. Auch Maman vermißt ihre Schwestern und Freundinnen. In Teheran hatte sie jede Woche Besuch, oder sie ist selbst irgendwo eingeladen gewesen. Hier kennt sie fast niemanden.

»Hast du Heimweh?« habe ich sie einmal gefragt.

»Du fragst Sachen!« hat sie geantwortet, und dann wurde sie ganz still.

Als Rene wieder gegangen ist, legt sich Maman mit geschlossenen Augen auf das Sofa im Wohnzimmer. Ich setze mich neben sie.

»Kannst du mich nicht mal allein lassen?« knurrt sie ungehalten. »Ich hatte gerade einen so schönen Traum.«

»Was hast du denn geträumt?«
»Ich hab vom Hof meiner Mutter geträumt. Ich saß am Wasserbecken beim Wäschewaschen ...«
»So wie damals!« unterbreche ich sie. »Erzähl mir noch einmal, wie das war, als du geheiratet hast!«
»Aber das habe ich dir doch schon so oft erzählt«, wehrt Maman ab.
»Ach bitte!« bettle ich. »Nur noch einmal!«
»Also gut«, seufzt Maman und setzt sich auf. »Du kennst ja den Hof deiner Großmutter. Er ist groß, und in seiner Mitte befindet sich das Wasserbecken. Wie so oft saß ich an einem Nachmittag dort und erledigte die Wäsche. Da sich kein Mann im Haus und im Hof aufhielt, ließ ich es zu, daß mir dabei der Schleier herunterrutschte und meine langen schwarzen Haare unbedeckt waren. Nichts Böses ahnend, tat ich für eine Weile meine Arbeit. Plötzlich hörte ich lautes Lachen, und als ich hochschaute, sah ich auf dem Dach des Nachbarhauses drei junge Männer, die mich schon eine Weile beobachtet haben mußten. Sie winkten fröhlich und riefen mir etwas zu. Erschrocken zog ich den Tschador über und rannte ins Haus. Als meine Mutter in den Hof kam, um mit ihnen zu schimpfen, waren sie schon längst verschwunden.«
»Einer von den Männern war Vater«, sage ich.
»Das wußte ich aber an dem Tag nicht«, erklärt Maman und lacht. »Eine Woche später kamen Frauen zu Besuch, und meine Mutter forderte mich ständig auf, Tee zu kochen und Süßigkeiten zu servieren. Dabei beobachteten mich die

fremden Gäste, und ich weiß noch, daß ich mich gar nicht wohl fühlte. Später erfuhr ich, daß das die Mutter und die beiden Tanten von deinem Vater waren, der mich mit seinen Freunden beim Wäschewaschen beobachtet hatte. Sie waren in seinem Auftrag gekommen, um mich kennenzulernen und um meine Hand anzuhalten.«

»Dann hatte Vater sich in dich verliebt?« frage ich.

»Was heißt das schon?« sagt Maman. »Wir haben uns ja nicht gekannt. Das kam erst später, in der Ehe.«

»Hättest du Vater geheiratet, wenn du ihn vorher kennengelernt hättest?« will ich von Maman wissen.

»Darüber habe ich nie nachgedacht«, sagt Maman und legt sich wieder hin, »weil das niemals hätte geschehen können! Und du solltest auch lieber nicht an so etwas denken.«

Das sagt sie so einfach. Ich denke eben an solche Sachen, und ich weiß auch für mich, was ich nicht mag. Ich möchte niemals einen Mann heiraten, den ich nicht vorher kennengelernt habe. Maman hat Glück gehabt und einen Mann geheiratet, der gut zu ihr ist. Er hätte aber auch ein gemeiner Kerl sein können, der seine Frau und Kinder schlägt und vielleicht noch andere schlechte Eigenschaften hat.

Sharife meint, daß sie sich eher umbringt, als jemanden zu heiraten, den sie nicht liebt.

Am Wochenende zieht Rene in unsere Wohnung ein. Ihr Freund hilft ihr beim Umzug. Norbert hat auch eine Frisur wie Elvis Presley.

Inzwischen finde ich Elvis toll. Rita hat mir ein Bild von ihm geschenkt, das ich mit Tesafilm an die Wand neben meinem Bett geklebt habe.
»Paß auf, daß Vater das nicht sieht«, warnt Maman. »Das Bild von einem fremden Mann an deinem Bett – das wird er bestimmt nicht gut finden!«
»Was ist denn daran schlimm?« fauche ich sie an. »Und außerdem kommt Vater nie in unser Zimmer!«

Am Nachmittag bringt Vater einen großen Perserteppich mit, den er im Wohnzimmer ausrollt. Wir Kinder setzen uns alle darauf, bestaunen die Vögel und Gazellen, die in einem bunten Blätterwald verwoben sind, und entdecken immer wieder etwas Neues. Vater zieht Schuhe und Strümpfe aus und stellt sich barfuß zu uns und lacht so froh, wie er schon lange nicht mehr gelacht hat.
»Es ist gut, einen solchen Teppich unter den bloßen Füßen zu spüren«, sagt er. »Jetzt erst fühle ich, daß ich hier wohne!«
Vater hat recht. Uns geht es ebenso. Wir rollen auf dem Teppich herum, hüpfen die Muster nach, betrachten die Bilder und erinnern uns an unser Haus in Persien.
Am nächsten Tag bringen uns zwei Möbelpacker einen großen Kleiderschrank. Ich helfe Vater, den Schrank von der Wand wegzurücken.
»Du bist stark wie ein Junge«, lobt er mich.
Ich wäre gern einer, und wenn Mama-Rita zu mir sagt, daß an mir ein Junge verlorengegangen sei, bin ich immer stolz.

Am liebsten wäre ich wie der Junge, den ich mir früher ausgedacht hatte: Mehdi, der Straßenjunge.
Nach den Weihnachtsferien kehren Kari und Christen nicht mehr in unsere Klasse zurück. Dafür ist ein neues persisches Mädchen dazugekommen. Sie spricht kein Wort deutsch, und Sharife und ich müssen ihr immer alles übersetzen.
»Das geht ja schon ganz gut«, sagt Frau Peters in der Pause zu uns. »Es wird nicht mehr lange dauern, und ihr könnt auf eine normale Schule überwechseln.«
Ich schaue sie ganz erschrocken an.
»Keine Angst!« lacht sie. »Ein bißchen bleibst du noch bei uns.«
Als wir dann von der Schule zurückkommen, riecht es aus der Küche ganz besonders lecker nach Ghormesabsi, einem persischen Gemüsegericht. Maman strahlt uns an und sagt, daß wir Besuch haben. Wer kann das bloß sein?
Aus dem Wohnzimmer hören wir Hamids glucksendes Lachen. Wir machen große Augen, als wir Mahbod lang ausgestreckt auf dem Teppich liegen sehen, während Hamid auf ihm herumkrabbelt. Nach einer Weile schafft es Mahbod, die kleine Nervensäge loszuwerden. Er steht auf und läßt sich lachend und außer Atem in den Sessel fallen.
»Und wie gefällt euch Hamburg?« fragt er uns.
Doch wir kommen nicht dazu, uns mit ihm zu unterhalten. Mit einem fürchterlichen Schrei stürzt Hamid sich von hinten auf Mahbods Nacken, und bald rangeln sie wieder auf dem Teppich.

Mahbod bleibt zwei Wochen bei uns. Während dieser Zeit schläft er im Wohnzimmer.
Ich glaube, er hat ein anstrengendes Leben bei uns. Tagsüber muß er mit Hamid spielen und ganz viele gute persische Gerichte essen und abends oft bis spät mit Vater ausgehen. Aber ich glaube, er genießt das sehr.
Als er wieder abfährt, sind wir alle traurig. Vor allem Hamid findet es merkwürdig, daß Mahbod nicht mehr für ihn da ist.

10.

Im Unterricht machen wir immer größere Fortschritte. Obwohl ich mich darüber freue, weiß ich aber auch, daß dadurch der Abschied von unserer Schule immer näher rückt. Und dann ist es tatsächlich soweit. Vor den Osterferien gibt Frau Peters uns ein Zeugnis mit. Darin steht, daß wir hier gut deutsch gelernt haben und nun eine normale Volksschule besuchen können.

Zum Abschied schenkt sie Sharife und mir jeweils ein Tagebuch mit einem Schloß daran. »Da könnt ihr alles aufschreiben, was euch durch den Kopf geht«, sagt sie.

Als sie mich am Ende der Stunde umarmt, ist mir etwas komisch zumute. Ich mag das nicht, dieses Abschiednehmen!

»Viel Glück!« sagt Frau Peters und lacht. Sie kann das besser als ich, denke ich. Sie muß sich ja auch immer wieder von ihren Schülerinnen verabschieden.

Wie wird es jetzt weitergehen? Wir werden auf die Volksschule gehen, die uns damals hierhergeschickt hat. Ich werde eine andere Lehrerin bekommen und mich an eine neue Klasse gewöhnen müssen. Wenn ich daran denke, klopft mir das Herz, und ich merke, daß ich Angst davor habe. Ich sehe Sharife an und erinnere mich plötzlich an die Situation mit dem Papphasen und dem Fotografen.

»Wenn wir wieder eine Schultüte mit Süßigkeiten bekommen, behältst du sie?« versuche ich zu scherzen.

Aber Sharife lächelt nicht einmal.
Ich weiß gar nicht, was mit Maman los ist. Sie hat zu nichts mehr Lust, und sie macht nur das Nötigste mit Hamid. Wenn es irgendwie geht, übergibt sie ihn Sharife oder mir. Dann sollen wir ihm etwas zu essen machen, ihn füttern, waschen und mit ihm spielen. Früher hat sie gern gekocht, aber selbst das macht ihr keinen Spaß mehr. Sie mag auch nicht mehr in den Park gehen und bleibt am liebsten in der Wohnung. Dann liegt sie auf dem Sofa im Wohnzimmer und sieht immer so traurig aus.
»Was hast du?« frage ich sie einmal, aber sie gibt mir keine Antwort.
Ich erinnere mich, wie Elahe gestorben ist, die Zwillingsschwester von Parvin. Sharife und ich hatten uns über die Geburt von gleich zwei Schwestern so sehr gefreut. »Eine ist für dich und eine für mich!« hatten wir sie aufgeteilt.
Aber dann war Elahe krank geworden, als sie noch ganz klein war. Sie hatte Keuchhusten gehabt, und eines Morgens war sie tot. Sharife hatte mich weinend aufgeweckt, und ich war erschrocken zu Maman hinübergelaufen. Sie saß auf ihrem Lager, neben sich Parvin, die vergnügt vor sich hin brabbelte.
»Wo ist Elahe?« fragte ich. Aber Maman antwortete nicht, starrte nur vor sich hin. Alle weinten um Elahes Tod, nur Maman weinte nicht. Sie redete viele Tage lang kein Wort mit uns.
Ich habe Angst, wenn Maman diesen Ausdruck in ihrem Gesicht hat, mich nicht hört und nicht mit mir spricht.

Wir müssen Maman helfen, denke ich, und obwohl ich mich am liebsten vor der Hausarbeit drücken will, teile ich mir noch mehr Arbeiten als sonst mit Sharife, und wir gehen abwechselnd mit Hamid auf den Spielplatz.
Einige Kinder auf dem Spielplatz sind inzwischen grob und unfreundlich zu ihm. Ich weiß gar nicht, warum. Sie schubsen Hamid oft einfach weg, und ich muß mich dann mit ihnen rumstreiten. Dann aber lachen sie mich aus und äffen mich nach. Zum Glück hilft uns manchmal Michaels Oma. Sie wird von den anderen Kindern aber auch nicht so richtig ernst genommen.

Als die Ferien endlich zu Ende sind, geht Vater noch einmal mit uns zu der Volksschule. Auch diesmal sind die Erstkläßler mit ihren Eltern und ihren bunten Schultüten da, und selbst der Hase fehlt nicht. Nur der Fotograf ist ein anderer, und der bemerkt uns nicht.
Die Direktorin nimmt uns wieder mit in ihr Büro. »Die Fotos vom letzten Jahr habe ich für euch aufbewahrt«, sagt sie. Und da sind wir neben dem Hasen. Jede von uns trägt eine Schultüte im Arm. »Mein erster Schultag«, steht auf der Tafel.
Wie letztes Jahr unterhält sich die Direktorin mit Sharife und mir. Jedesmal, wenn wir etwas sagen, nickt Vater stolz. Auch Frau Möller, so heißt die Direktorin, scheint zufrieden mit uns zu sein.
»Sharife kommt in die sechste und Shirin in die fünfte Klasse«, sagt sie schließlich. »Das entspricht in etwa eurem Alter, und später können wir sehen, ob wir euch nicht höher ein-

stufen.« Es klingelt. Von draußen dringt lautes Kindergeschrei ins Büro. »Nach der Pause bringen wir euch dann in eure neuen Klassen«, sagt Frau Möller. Sie verabschiedet sich von Vater und geht mit uns in den Nebenraum, der sich langsam mit Lehrern füllt.

Ich höre, wie sie einer älteren Frau erzählt, daß ich ihre neue Schülerin sei. Die Frau guckt mich lange an und nickt mir schließlich freundlich zu. Sie ist klein und hat graue Haare, die sie hinten zu einem Knoten zusammengesteckt hat.

Während Frau Möller mit Sharife weggeht, soll ich hier warten, bis die Pause zu Ende ist. Als es klingelt, kommt die ältere Lehrerin zurück und nimmt mich mit in meine neue Klasse.

Dort ist es sehr laut. Zwei Jungen raufen miteinander, und einige andere spielen Fangen. Die Lehrerin, sie heißt Fräulein Fischer, ruft mit energischer Stimme, daß sich alle setzen sollen.

»Na, endlich!« sagt sie schließlich. »Jetzt kann ich euch eure neue Mitschülerin vorstellen. Shirin kommt aus Persien, aber ihr werdet sehen, daß sie schon gut deutsch spricht.«

Die anderen Kinder starren mich an und flüstern miteinander. Mir wird ganz heiß, und am liebsten möchte ich mich umdrehen und hinauslaufen. Aber das geht ja nicht. Also setze ich mich auf den freien Platz neben ein blondes Mädchen, den mir die Lehrerin angewiesen hat. Das Mädchen macht eine Grimasse und rückt ihren Stuhl von mir weg. Sie mag mich wohl nicht.

In dieser Stunde lesen alle Kinder nacheinander eine Ge-

schichte aus dem Lesebuch vor. Als ich an der Reihe bin, meint die Lehrerin, daß ich noch nicht vorzulesen brauche.
»Aber ich kann das schon«, sage ich.
»Nun gut, dann lies uns den nächsten Absatz vor!« Ich mache keine Fehler und sehe, daß die Lehrerin ganz verblüfft ist!
In der Pause bin ich fast die ganze Zeit allein. Da hat Sharife es besser, die mit ein paar Kindern zusammensteht. Ich will gerade zu ihr gehen, als das blonde Mädchen, neben dem ich sitze, und ihre Freundin mich ansprechen.
»Was bedeutet Shirin?« fragt mich die eine.
»Shirin heißt süß«, erkläre ich.
»Ach, wie süß!« lachen sie. »Du bist eine Süße!«
Ich ärgere mich über sie und über meinen Namen. Andere Kinder kommen dazu.
»Was heißt das in deiner Sprache?« fragt das blonde Mädchen und zeigt auf meine Jacke.
»Jackat.«
»Und wie heißen Haare?« fragt ein Junge.
»Mu«, antworte ich.
»Wie?« fragen sie und lachen. »Mu?«
Ich nicke und muß nun auch lachen. Sie stellen weitere Fragen, hören nicht mehr auf damit. Ich werde immer dichter an eine Mauer gedrückt. Die Kinder stehen vor mir, kreischen und lachen. Ich will hier raus!
»Ich erzähle euch einen Witz«, sage ich dann.
»O ja!« brüllen sie.
»Also, es waren einmal zwei Männer. Die waren unheimlich dick. Soll ich euch zeigen, wie dick?« frage ich.

»Jaaaa!« brüllen sie im Chor.
»Sooo dick!« Ich breite meine Arme aus, zeige, wie dick die Männer waren, bahne mir so eine Gasse und laufe weg. Die Kinder sind erst einmal verdutzt. Aber dann lachen sie.

»Wie ist deine Klasse?« frage ich Sharife auf dem Nachhauseweg.
»Ein paar von den Mädchen sind ganz nett«, meint sie. »Und wie ist es bei dir?«
»Ich weiß nicht«, sage ich, »so richtig nett ist eigentlich keine.«

Am Abend setze ich mich zu Rene und schaue ihr zu, wie sie sich schminkt.
»Wie war es in der Schule?« fragt sie.
»Doof«, sage ich.
»Schule muß sein.« Sie zieht einen schwarzen Strich um ihre Augen.
»Gehst du aus?«
»Wir gehen tanzen«, antwortet sie und malt sich die Lippen rot. Ich finde, sie sieht toll aus.
»Liebst du Norbert?«
»Natürlich!« antwortet sie und lacht.

11.

Ich gehe nicht gern in diese Schule. Am Anfang haben die Kinder sich noch ein wenig für mich interessiert. Jetzt beachten sie mich nicht mehr. Das Mädchen, neben dem ich sitze, heißt Irene. Sie und ihre Freundin Gerda mögen mich nicht. Weil sie im Unterricht immer zuviel reden, hat Fräulein Fischer sie auseinander gesetzt. Vielleicht sind sie wütend auf mich, weil ich nun neben Irene sitze.
In den Pausen bin ich immer allein und schaue den anderen beim Spielen zu. Doch einmal stellen sich Irene und Gerda zu mir.
»Wieso bist du eigentlich so braun?« fragt Gerda mich und hält ihren Arm neben den meinen. »Ich glaube, du bist so dunkel, weil du dich nie wäschst!« Beide lachen.
Ich weiß nicht, was ich darauf antworten soll. Am liebsten würde ich mich mit ihnen streiten. Aber ich traue mich nicht.

Sharife unterhält sich meistens mit zwei Mädchen aus ihrer Klasse. Dabei kümmert sie sich überhaupt nicht um mich. Ich bin deswegen sauer, sage aber nichts zu ihr, weil ich mich schäme, daß niemand mich mag. Denn wie könnte es sonst sein, daß sie Freundinnen gefunden hat und ich nicht?
Ich fühle mich so allein, niemand ist für mich da. Wen soll ich fragen, warum die Kinder mir manchmal nach der Schule »Neger« oder »Zigeunerin« hinterherrufen?

Wem soll ich sagen, daß ich allein bin und keine Freundinnen habe?
Es ist schwer, darüber nachzudenken.
Es ist schwer, darüber zu sprechen.

Sharife ist nach wenigen Wochen in eine andere Schule, in ein Gymnasium, gekommen. Seitdem möchte ich oft den Unterricht schwänzen. Ich kann machen, was ich will, ich finde hier doch keine Freundin. Die Kinder beachten mich entweder gar nicht, oder sie ärgern mich. Irene ist die Gemeinste von allen. »Die Gastarbeiter sollen zu Hause bleiben«, sagt sie manchmal. »Ich hasse die Ausländer! Sie kommen hierher und leben von unseren Steuergeldern!«
Dabei guckt sie mich immer böse an, und ich weiß, daß sie mich und meine Familie damit meint. Die anderen aus der Klasse sind entweder auf ihrer Seite, oder sie sagen nichts. Ich glaube, manchmal haben auch sie Angst vor ihr. Keiner traut sich, ihr zu widersprechen.
Einmal hört Fräulein Fischer, was Irene sagt. »Was für einen Unsinn redest du denn da?« schimpft sie. »Gastarbeiter sind Menschen, die wir Deutschen im letzten Jahr eingeladen haben, damit sie hier arbeiten, weil die deutsche Wirtschaft ihre Arbeitskraft benötigt.«
»Aber mein Vater hat gesagt, daß wir sie nicht brauchen!« sagt Irene trotzig.
Ich denke über Fräulein Fischers Worte nach. Sie hat recht. In letzter Zeit sehe ich immer mehr dunkelhäutige Menschen auf der Straße. Das sind wohl die Gastarbeiter. Vater ist doch

aber von sich aus gekommen. Dann ist er also kein Gastarbeiter. Was ist er dann? Egal, er und wir sind Fremde hier wie die Gastarbeiter. Vielleicht gewöhnen sich die Deutschen eher an uns, wenn mehr von uns hier leben?

Parvin geht in den Schulkindergarten einer Volksschule ganz in unserer Nähe. Sie sagt, daß sie mit den Kindern dort spielt und bastelt, und jeden Tag schwärmt sie von Fräulein Klein, der Leiterin.

Vielleicht habe ich ja Pech mit meiner Schule, und woanders finde ich leichter Freundinnen. Ich erzähle niemandem etwas von meinem Plan, aber eines Morgens gehe ich einfach in die andere Richtung, nämlich zu Parvins Schule. Ich frage mich zum Direktor durch und stehe schließlich vor seiner Tür. Er ist ein älterer Herr mit Brille und grauen Haaren.

»Ich möchte mich bei Ihnen anmelden«, erkläre ich ihm.

»So?« sagt er. »Und wer bist du? Wo kommst du so plötzlich her?«

»Ich komme aus Persien, und ich bin hier in eine Schule gegangen, wo ich deutsch gelernt habe. Danach bin ich in der Volksschule in der Hamburgerstraße eingeschult worden. Aber da möchte ich nicht bleiben.«

»Und warum nicht?« fragt er, und ich erzähle ihm von meiner Klasse.

»Wie kommt es, daß du ganz allein hierhergekommen bist?«

»Meine Mutter kann nicht so gut deutsch, und mein Vater arbeitet.«

»Na gut«, sagt der Direktor. »Wollen mal sehen, was wir da machen können.«
Mir wird vor Aufregung ganz komisch im Magen. Hoffentlich klappt das und er nimmt mich auf. Ich soll im Büro der Sekretärin warten. Sie ist sehr neugierig und stellt mir viele Fragen.
Als es klingelt, holt der Direktor mich in sein Büro. »Das ist deine neue Klassenlehrerin, Frau Schmidt«, sagt er und zeigt auf die große hagere Frau neben sich.
»Ich habe von deinem Schulwechsel gehört«, meint Frau Schmidt etwas kühl. »Dann wollen wir doch einmal sehen, wie es dir hier ergeht!«
Nach der Pause laufe ich mit klopfendem Herzen hinter ihr her, vorbei an lärmenden Kindern, die noch auf dem Flur stehen. Manche unterbrechen ihr Spiel und schauen mich neugierig an. Als ich die Klasse betrete, kommt mir alles so bekannt vor, als sei ich schon einmal hier gewesen.
»Das ist Shirin, eure neue Klassenkameradin. Shirin kommt aus Persien, lebt aber seit fast einem Jahr hier und spricht schon gut deutsch.«
Die Kinder starren mich an. Zwei von ihnen habe ich schon öfter auf dem Spielplatz gesehen. Sie sitzen nebeneinander, gucken mich erstaunt an. Dann stecken sie die Köpfe zusammen und tuscheln. Sie erwidern mein Lächeln nicht, tun, als würden sie mich nicht kennen. Frau Schmidt zeigt mir meinen Platz. Ich soll neben einer Schülerin mit kurzen blonden Haaren sitzen. Das Mädchen sieht mich nicht an, und als ich mich setze, rückt sie ihren Stuhl zur Seite. Vielleicht heißt

sie Irene, denke ich, und am liebsten möchte ich lachen, obwohl ich eigentlich gar nicht fröhlich bin.
In der Pause lehne ich mich an die Mauer des Schulhofs. Einige Kinder kommen zu mir. »Sind alle Perser so braun?« fragen sie mich.
»Und wenn du dich wäschst, bist du dann immer noch so braun?«
Ich tu so, als ob ich sie nicht verstehe, und bald lassen sie mich in Ruhe.
Am Nachmittag gehe ich mit Maman einkaufen. Nachdem wir im Supermarkt unsere Besorgungen gemacht haben, möchte Maman in dem anderen Kaufhaus um die Ecke noch ein paar Sachen holen. Mit unseren zwei vollgepackten Einkaufstüten gehen wir dort in die Lebensmittelabteilung. Maman sucht einen bestimmten Reis, den sie hier schon einmal gekauft hat. Ich trotte langsam hinter ihr her.
Plötzlich versperrt uns ein junger Mann den Weg. »He, mitkommen!« sagt er leise und schiebt uns grob vor sich her.
»Was ist denn los?« fragt Maman.
Einige Leute bleiben stehen und schauen uns neugierig an. Manche von ihnen machen Bemerkungen, die nicht besonders nett klingen, und plötzlich verstehe ich.
»Die denken, wir hätten was gestohlen«, sage ich zu Maman.
In einem kleinen Raum packt der junge Mann zusammen mit einem älteren Herrn unsere Einkaufstüten aus. Fassungslos stehen Maman und ich da.

»Das sind alles keine Waren von uns«, höre ich den älteren Herrn sagen.
»Aber die Verkäuferin hat beobachtet ...«, sagt der andere.
»Die hat gar nichts beobachtet. Die hat nur dummes Zeug geredet!« schimpft der Ältere. »Wir haben uns geirrt«, sagt er dann zu uns. »Ich möchte mich entschuldigen.«
Maman hat ganz viele rote Flecken im Gesicht.
In der Verkaufshalle schauen uns alle Verkäuferinnen hinterher, und obwohl wir doch nichts verbrochen haben, fühle ich mich wie eine Verbrecherin.

Ich bin ganz durcheinander und weiß gar nicht mehr, was ich denken soll! Am Anfang war ich neugierig auf Deutschland, und trotz meines Heimwehs habe ich es doch spannend gefunden, daß wir plötzlich in so einem ganz anderen Land leben. Inzwischen habe ich viel dazugelernt. Rene hat mir von den Nazis und Hitler erzählt und davon, daß Hitler viele Juden und Zigeuner und Menschen, die gegen ihn waren, umbringen ließ. Sie hat mir von Konzentrationslagern erzählt, den großen Gefängnissen, in denen diese Leute hart arbeiten mußten. Dort wurden die meisten von ihnen in riesigen Kammern mit Giftgas getötet. Ich kann das überhaupt nicht begreifen, und wenn ich mir die Gesichter der Leute auf der Straße anschaue, frage ich mich, ob sie manchmal daran denken, was vor kaum mehr als fünfzehn Jahren in ihrem Land passiert ist?
Ich bin froh, daß wir damals nicht in Deutschland gelebt

haben. Vielleicht hätten die Nazis uns dann auch umgebracht, weil wir dunkelhäutig sind und schwarze Haare haben.
Ich habe gemerkt, daß viele Leute uns nicht mögen und am liebsten wollen, daß wir wieder in unser Land zurückgehen. Seitdem ich das mit den Juden und den Nazis erfahren habe, will ich auch nicht mehr hierbleiben! Doch ich weiß, daß wir noch nicht nach Hause können. Immer wenn ich Maman frage, wann wir denn zurückgehen, sagt sie: »Nächstes Jahr.« Aber Großmutter hat am Flughafen gemeint, daß sie uns nie wiedersehen wird. »Du nimmst mir meine Tochter!« hatte sie beim Abschied zu Vater gesagt. »Dort, wo ihr hingeht, lieben die Leute ihre Hunde mehr als ihre Nachbarn!«
Ich weiß noch, daß ich damals nicht verstand, was sie eigentlich damit meinte. Aber jetzt weiß ich es. Viele Leute hier haben einen Hund, den sie sehr lieben. Sie streicheln ihn oft, geben ihm ganz tolles Essen und behandeln ihn so, als sei er kein Tier. Ich glaube, sie sind netter zu ihrem Hund als zu anderen Menschen. Sie sollen ja ruhig gut zu ihren Hunden sein, aber dabei sollen sie doch die Menschen nicht vergessen!
Großmutter ist eine kluge Frau. Sie weiß viel, und sie ist sehr mutig. Sie war die einzige, die manchmal mit Vater geschimpft hat. Ich habe sie deswegen immer bewundert. Wenn ich an sie denke, werde ich traurig. Ich versuche sie mir vorzustellen, und ich merke, daß ich mich nicht mehr genau erinnern kann, wie sie aussieht.

In der Nacht träume ich, wie ich zu Großmutter laufe. Sie wohnt in der Nähe des Basars. Ich schlage gegen ihre grüne Haustür, und sie öffnet mir. Ein langer dunkler Gang liegt dahinter. An seinem Ende fällt das Licht aus dem Innenhof in den Flur. Ich laufe hinein in die Sonne. Ich sehe mich neben Großmutter sitzen. Sie raucht ihre Wasserpfeife. Der Tschador liegt auf ihren Schultern, und ihre grauen Haare schimmern wie Silber. Der Weg von Großmutters Haus zum Basar ist nicht weit. Im Traum laufe ich zum Basar und besuche Onkel Reza. Ich spiele mit Achtar.
Als ich aufwache, bin ich froh, daß ich den Weg noch nicht vergessen habe. Ich stelle mir vor, daß ich ganz plötzlich allein nach Teheran zurück muß. Dann ist es gut zu wissen, wo Großmutter wohnt und wie ich von ihr aus meinen Onkel finden kann.

12.

Ich erzähle meinen Eltern nichts von dem Schulwechsel, aber mit irgend jemandem muß ich darüber sprechen. Als ich gerade Rita davon erzählen will, klingelt es, und Horst kommt sie besuchen. Da hat Rita keine Zeit mehr für mich. Einmal bin ich kurz davor, Sharife einzuweihen. Aber ich verkneife es mir dann doch. Sie geht ja inzwischen auf ein Mädchengymnasium, wo sie sicherlich Freundinnen gefunden hat. Sie erzählt mir auch nie was von sich, aber ich stelle mir vor, daß es ihr viel besser geht als mir. Irgendwie komme ich mir vor wie eine Versagerin. Wieso mag mich niemand? Auch die Kinder in meiner neuen Klasse kümmern sich nicht um mich, und in den Pausen bin ich immer allein. Das einzig Gute ist, daß es hier keine Irene gibt. Dafür ist die Lehrerin nicht so nett wie Fräulein Fischer. Eine ganze Woche probiere ich es hier aus. Dann gehe ich zum Direktor und sage ihm, daß ich wieder auf meine erste Schule zurück möchte.

Er scheint nicht überrascht zu sein. »Ich wünsche dir viel Glück«, sagt er zum Abschied.

Als ich dann in meiner alten Klasse sitze, ist es so, als sei ich nie fortgewesen. Es ist alles so wie vorher.

Fräulein Fischer nickt mir freundlich zu, und in der Pause ruft sie mich zu sich. »Ich weiß von deinem Ausflug in die andere Schule«, sagt sie, »und ich freue mich, daß du wieder zu uns gefunden hast. Warum hast du mir nichts davon gesagt?«

»Ich weiß nicht«, sage ich.
Wenn ich morgens zur Schule gehe, kommt mir der Weg dorthin immer länger vor. Meine Beine fühlen sich ganz schwer an, und manchmal wollen sie mich einfach nicht weitertragen. Ich gehe ganz langsam wie eine alte Frau, und oftmals bin ich dann viel zu spät da.
Vielleicht bin ich unheilbar krank und werde bald sterben, denke ich. Ob die Kinder aus meiner Klasse dann traurig sind? Dann werden manche vielleicht weinen und es bereuen, daß sie nie mit mir gespielt haben.
Wenn ich so etwas denke, werde ich noch trauriger. Aber irgendwie helfen mir diese Gedanken auch.

Fräulein Fischer erinnert mich ein bißchen an Großmutter. Seitdem ich wieder zurück bin, spricht sie mich oft an und lobt mich. »Du kannst schon gut deutsch«, sagt sie manchmal. »Erstaunlich, wie schnell du das gelernt hast!«
Obwohl ich mich über ihr Lob freue, ist es mir doch auch peinlich.
»Hast du dich jetzt etwas besser eingelebt?« fragt sie mich heute in der Pause.
»Ich weiß nicht«, antworte ich.
»Möchtest du mich einmal besuchen?«
»Ich möchte schon, aber vielleicht darf ich nicht«, sage ich zögernd mit leiser Stimme. »Meine Eltern sind sehr streng.«
»Soll ich sie einmal anrufen. Wäre dir das recht?« fragt sie weiter.
Ich nicke, und sie bleibt in dieser Pause bei mir stehen. Ich

bin nun nicht mehr allein, aber wohl fühlen tue ich mich dabei auch nicht.
Am Abend ruft sie bei uns an und spricht lange mit Vater.
»Morgen darfst du nach der Schule mit zu deiner Lehrerin«, sagt Vater danach zu mir. »Sie bringt dich dann nach Hause.«

Ich bin ganz aufgeregt. Ich kenne nur unsere Wohnung und die von Mama-Rita und Rita. Sonst bin ich noch nie bei Deutschen zu Besuch gewesen. Nach der Schule laufe ich neben Fräulein Fischer her und tue so, als würde ich nicht merken, wie die anderen aus meiner Klasse über mich herziehen. Sie wohnt in einem vierstöckigen Haus, nicht weit von dem unserem entfernt.
»Du hast sicherlich Hunger«, meint sie, als wir in ihrer Wohnung ankommen. »Zieh deine Jacke aus, und dann gehen wir in die Küche. Ich habe schon was zu essen vorbereitet.«
Ich schaue mich um. An den Wänden des langen Flurs sind hohe Regale angebracht, die vollgestellt sind mit Büchern. Ich habe noch nie so viele Bücher auf einmal gesehen. Ich werfe einen Blick durch die offene Tür in das Wohnzimmer und sehe auch dort überall Bücher. Sie muß sehr klug sein, wenn sie die alle gelesen hat.
In der Küche schaue ich Fräulein Fischer zu, wie sie den Tisch deckt.
»Du magst doch Kartoffelsalat mit Würstchen?« fragt sie.
»Ich darf kein Schweinefleisch essen«, sage ich erschrocken.

»Ich weiß, ich habe daran gedacht und Würstchen aus Kalbfleisch gekauft.«
»Ist da auch wirklich kein Schweinefleisch drin?« frage ich.
»Ganz bestimmt nicht«, beruhigt sie mich. »Ich kenne den Metzger gut, und er hat es mir gesagt!«
Sie lacht nicht über mich. Sie kennt sich aus und weiß, daß ich als Muslima manche Dinge eben nicht tun darf.
Der Kartoffelsalat schmeckt ganz anders als persisches Essen. Aber auch lecker!
»Gefällt es dir inzwischen in unserer Schule?« fragt Fräulein Fischer mich später, als wir im Wohnzimmer sitzen.
»Der Unterricht schon«, antworte ich. »In Persien war ich nicht so gut.«
»Wie kam das?« fragt Fräulein Fischer.
»Ich weiß nicht ... Da hatte ich Angst vor meiner Lehrerin. Die war ganz streng. Wenn jemand etwas nicht wußte, hat sie gleich geschimpft, oder sie hat sich über uns lustig gemacht. Dann hat sie ihr Lineal genommen und uns damit auf die Hand gehauen.«
»Hast du denn auch manchmal Heimweh?«
»Ja, manchmal schon. Und besonders, wenn ich an meine Großmutter denke oder an meine Tanten und Cousinen, und wenn ich merke, daß ich hier keine Freundin finde. Egal, wo ich bin! Überall stellen die Kinder so blöde Fragen. Auch auf der anderen Schule war das so!« Ich merke, wie mir die Tränen in die Augen schießen.
»Ich weiß«, sagt sie, »und ich finde es gut, daß du zu uns

zurückgekommen bist. Irgendwann wirst du Freundinnen finden. Du mußt nur Geduld haben und Vertrauen.«
»Was ist das? Vertrauen?«
»Vertrauen ist zum Beispiel, daß du zu mir gekommen bist und mir das nun alles erzählst«, erklärt sie. »Wenn du eine Freundin findest, hast du bestimmt weniger Heimweh.«
»Aber die anderen wollen nichts mit mir zu tun haben!« Erneut kommen mir die Tränen. »Wissen Sie, warum keine meine Freundin sein will?«
»Nein, das verstehe ich auch nicht«, sagt sie traurig. »Vielleicht mußt du ihnen einfach mehr Zeit lassen.«
Ich habe noch nie mit einer Erwachsenen so gesprochen wie mit ihr. Auch nicht mit Maman.
Am späten Nachmittag begleitet sie mich dann nach Hause.
»Warum tun sie das?« frage ich Fräulein Fischer.
»Was meinst du?«
»Warum gucken mich die Leute immer so an?«
»Die Menschen sind neugierig«, sagt sie. »Du siehst anders aus als sie, und deshalb starren sie dich an. Sie meinen es nicht böse, aber sehr höflich ist es nicht gerade.«
»Ich will aber nicht von ihnen angestarrt werden!« sage ich laut.
»Ich weiß«, beschwichtigt sie und nimmt meine Hand in die ihre. »Du mußt Geduld mit ihnen haben.«
»Immer ich! Immer muß ich Geduld haben!« Ich spüre, wie sie meine Hand ganz fest drückt, und langsam gehen wir weiter bis zu mir nach Hause.

Fräulein Fischer hat vielleicht recht, denke ich. Vielleicht mögen mich die Kinder doch noch, wenn ich etwas warte. Ich werde also versuchen, Geduld zu haben. Dabei denke ich an meine Klasse und überlege mir, wen ich gut leiden kann. Ein paar Mädchen sind eigentlich ganz nett. Eine mag ich besonders. Sie heißt Jutta, und meistens ist sie mit Angelika und Ruth zusammen. Einmal hat sie sich mit Irene um einen Radiergummi gestritten, den Irene ihr nicht ausleihen wollte. Da habe ich ihr meinen gegeben. Jutta hat danke gesagt und mich angelächelt, aber Irene hat eine wütende Grimasse gezogen.

13.

Letzte Woche wollte ich in dem großen Kaufhaus ein Schreibheft kaufen und bin aus Versehen in der Buchabteilung gelandet. Dort habe ich das Buch »Das rote U« entdeckt und gleich die zwei ersten Kapitel gelesen, bis mich die Verkäuferin verscheucht hat.

»Darf ich das Buch kaufen?« habe ich zu Hause Maman gefragt, und sie hat gesagt, daß wir dafür kein Geld haben. Ich mußte aber unbedingt wissen, wie die Geschichte weitergeht. Deswegen bin ich nach der Schule ein paarmal heimlich zu dem Kaufhaus gelaufen, und jedesmal habe ich es geschafft, ein paar Seiten weiterzulesen. Dabei habe ich darauf geachtet, daß die Verkäuferin mich nicht wieder ertappt. Ich hatte nur noch ein Kapitel zu lesen, da hat sie mich doch noch erwischt! »Ich beobachte dich schon seit langem! Du glaubst wohl, du bist hier in einer Bücherei«, hat sie geschimpft. »Wenn du das Buch lesen willst, mußt du es kaufen!« Zu Hause habe ich Rita davon erzählt.

»Du kannst im Kaufhaus schon lesen«, hat sie gemeint, »aber eine Bücherei ist viel besser!« Und am nächsten Tag ist sie mit mir dorthin gegangen. Ich habe natürlich gleich geschaut, ob »Das rote U« im Regal stand. Aber ich habe es nicht gefunden. Dafür habe ich mir ganz viele andere Bücher ausgeliehen.

Ich stehe auf dem Schulhof und esse einen Apfel. Es macht

jetzt nichts mehr, daß ich niemanden zum Spielen hab, denke ich. Heute nachmittag leihe ich mir neue Bücher aus, und dann werde ich lesen, lesen, lesen!
Zwei Jungen balgen sich in meiner Nähe, und ich gehe lieber ein paar Schritte weg von ihnen. Ich stelle mich zu Jutta, Angelika und Ruth und schaue ihnen beim Gummitwist zu. Dabei versuche ich, die Regeln zu verstehen. Sie haben viel Spaß. Am liebsten möchte ich mitspielen, traue mich aber nicht zu fragen.
Irene und Gerda kommen auf mich zu, lachen und winken. Ich denke, sie meinen jemand anderes und schaue hinter mich. Nein, sie meinen mich. Nun stehen sie vor mir, und ich lächle sie an.
»Hier, das schenken wir dir«, sagen sie fast gleichzeitig und halten mir ein Stück Seife hin. »Los, stell dich nicht so an! Nimm sie!«
Ich starre auf die Seife, mein Herz schlägt ganz laut, so laut, daß es in meinen Ohren dröhnt.
»Wenn du dich damit wäschst, wirst du weiß wie wir!« kreischen die beiden so laut, daß alle Kinder zu uns herüber sehen. Und auch Jutta, Angelika und Ruth hören auf zu spielen und kichern.
Lachend nimmt Gerda meine Hand, und Irene legt die rosa Seife hinein. Ich schaue sie an, und mir ist, als würde ich in einem häßlichen Traum stecken. Ich lasse die Seife fallen und drehe mich um. Keiner soll sehen, daß ich weine. Ich will nur noch weg! Weg von dem Schulhof und von den Kindern. Zum Glück klingelt es in diesem Augenblick, und

ich kann ins Schulgebäude laufen. Hinter mir höre ich Irenes lautes, hämisches Lachen.
So weinend kann ich aber nicht in den Unterricht. Ich laufe die Treppen hinunter in die Mädchentoilette und schließe mich ein. Als es zur Stunde klingelt, gehe ich nicht in die Klasse! Ich warte, bis ich keine Kinder mehr höre, dann schleiche ich mich leise hinaus auf den Flur. Aber wo soll ich hin?
»Was machst du hier?« höre ich plötzlich die harte Stimme des Hausmeisters.
Ich zucke zusammen. »Mir ist schlecht …«, stottere ich
»Dann komm mit ins Lehrerzimmer.«
Nun kann ich nicht mehr weglaufen. Mit gesenktem Kopf gehe ich hinter dem Hausmeister her.
Im Vorraum des Lehrerzimmers sitzt die Sekretärin, die mich streng anguckt. »Na, Shirin«, meint sie, »was ist denn los?«
»Mir ist schlecht«, flüstere ich heiser, und ich spüre, wie sich mein Magen tatsächlich zusammenkrampft.
»Du siehst auch nicht gut aus«, sagt sie besorgt. »Am besten legst du dich hin.« Dann führt sie mich zu einem kleinen Nebenraum mit einer Liege.
Mein Bauch tut weh, und mir ist wirklich übel. Aber mir ist nicht nur schlecht, und ich bin nicht nur traurig, ich bin auch wütend! Wütend auf Irene und Gerda und alle anderen.
Nach einer Weile stehe ich langsam auf und gehe zu der Sekretärin. »Ich möchte zurück in meine Klasse«, sage ich. »Mir geht's schon besser!«
In der Klasse setze ich mich an einen freien Tisch, an dem

ich keinen Nachbarn habe. Ich schaue nicht zu Irene und Gerda hinüber, die die Köpfe zusammenstecken und die ganze Zeit kichern. Wahrscheinlich denken sie sich schon wieder eine neue Gemeinheit aus.
Ich weiche auch den Blicken der anderen aus, beachte nicht Angelika, Ruth und Jutta, von denen ich doch gedacht hatte, daß sie mich ein bißchen mögen.
»Wir werden im nächsten Frühjahr eine Klassenfahrt machen«, sagt Fräulein Fischer gerade. »Ich hoffe, daß wir dann zu einer richtigen Gemeinschaft zusammenwachsen. Wir werden dann eine ganze Woche in einer Jugendherberge wohnen und jeden Tag Ausflüge machen.«
Alle freuen sich. Nur ich nicht. Ich muß Geduld haben, hat Fräulein Fischer gesagt. Wie lange soll ich denn noch Geduld haben? Vielleicht mein ganzes Leben lang?

Heute ist wirklich ein Pechtag! Vater nimmt mich zum Übersetzen mit ins Einwohnermeldeamt, und ich kann nicht in die Bücherei. Gut daran ist, daß mir wenig Zeit bleibt, über die Sache mit der Seife nachzudenken.
Auf dem einen Formular soll Vater die Geburtsdaten seines Vaters angeben. Als ich dem Beamten sage, daß wir die nicht kennen, findet er das ganz merkwürdig. »Was denn!« grinst er. »So was weiß man doch!« Ich geniere mich vor dem Mann. Aber dann versuche ich ihm zu erklären, daß man in Persien Geburtstage nicht so wichtig nimmt. Doch er hört mir gar nicht mehr zu.
Auf dem Rückweg erzähle ich Vater von der bevorstehenden

Klassenfahrt. Er sagt sofort, daß ich da nicht mit darf. »Du bist in einer gemischten Klasse«, sagt er streng. »Und wir sind Muslime. Ich kann dir nicht erlauben, mit Jungen zu verreisen und mit ihnen unter einem Dach zu schlafen. Das verstößt gegen die Regeln des Islam.«

Mir ist das recht. Ich will sowieso nicht mit!

Ich mag die Bücherei. Hier kann ich mich lange aufhalten, in den Regalen stöbern und in Ruhe lesen. Niemand will hier etwas von mir, keiner fragt mich aus, läßt mich links liegen oder schimpft mit mir. Die junge Frau, die hier arbeitet, ist sehr lieb, und sie freut sich jedesmal, wenn ich komme. Immer wenn ich hier bin, geht es mir gut, und ich bin innerlich ganz ruhig. Dann vergesse ich den Vormittag in der Schule, Irene und Gerda und das dumme Gefühl, nicht dazuzugehören.

Zu Hause ist das mit dem Lesen allerdings nicht so einfach. Manchmal machen meine Geschwister so viel Lärm, daß es mir schwerfällt, mich auf die Geschichte zu konzentrieren. Und Maman schimpft oft mit mir, denn wenn ich gerade in einem Buch stecke, drücke ich mich vor der Hausarbeit. Sie meint auch, daß ich vom vielen Lesen schlechte Augen bekomme.

Viele Wörter in den Büchern kenne ich nicht. Aber das macht nichts. Ich kann die Geschichten, die ich lese, trotzdem verstehen. Die meisten Bücher handeln von deutschen Kindern und ihren Familien. Nun weiß ich besser, wie die Deutschen leben.

Wenn ich groß bin, will ich auch Bücher schreiben. Jeden

Abend will Hamid, daß ich ihm Märchen erzähle. Er kann nie genug davon bekommen, und ich muß mir immer etwas Neues ausdenken. Viele meiner Geschichten kenne ich selber vorher nicht. Ich lerne sie kennen, während ich sie Hamid erzähle.

Kurz vor den Weihnachtsferien schneit es, und in den Pausen fliegen die Schneebälle. Einmal »kämpft« meine Klasse gegen eine andere, und zur Verstärkung soll ich mitmachen. Das ist das erste Mal, daß ich mitspielen darf. Ich freue mich, und als wir nach der Pause in unser Klassenzimmer laufen, fühle ich mich richtig gut.

»Guckt euch mal die Shirin an«, höre ich plötzlich Irenes Stimme. »Die hat ja richtig rote Backen gekriegt! Hast dich wohl mit Schnee gewaschen?«

Am liebsten möchte ich vor Scham im Boden versinken. Am liebsten möchte ich weglaufen. Am liebsten möchte ich Irene verprügeln. Am liebsten möchte ich tot sein!

Es ist gut, daß wir jetzt Ferien haben und ich meine Klasse, und vor allem Irene, lange nicht zu sehen brauche!

Dieses Jahr kaufen wir für Weihnachten ein paar Tannenzweige und stellen sie in eine große Vase. Parvin hat wieder Weihnachtssterne gebastelt, mit denen sie nun unsere Zweige schmückt. Nur Hamid hat das Feierliche daran noch nicht erkannt. Immer wieder zieht er an den Sternen und wirft damit die Vase mitsamt Inhalt um.

Sharife und ich haben Maman und Vater so lange bearbeitet, bis sie uns Geld für Weihnachtsgeschenke für Parvin und

Hamid gegeben haben. Am Heiligabend legen wir die Päckchen heimlich unter die Zweige: für Hamid ein kleines Auto und für Parvin ein Katzenkuscheltier. Als sie die Geschenke entdecken, freuen sie sich riesig.
»Hast du den Weihnachtsmann gesehen?« fragt Parvin ganz aufgeregt.
»Nein ... ich war wahrscheinlich gerade draußen.«
»Und warum hat er dir und Sharife nichts gebracht?« fragt sie weiter.
Ich weiß nicht so recht, was ich ihr antworten soll.
»Weil wir schon zu groß sind!« kommt Sharife mir zu Hilfe.
»Aber Fräulein Klein hat gesagt, daß alle Leute zu Weihnachten etwas geschenkt bekommen!« Parvin läßt nicht lokker, und ich befürchte, daß sie uns durchschaut hat. »Ich finde es gemein, daß er euch vergessen hat!« schimpft sie dann aber weiter.
Sharife und ich schauen uns an und lächeln zufrieden. Sie ist uns doch nicht auf die Schliche gekommen!

Am liebsten möchte ich, daß die Ferien ewig dauern. Ich will nie mehr in die Schule zurück! Als es aber doch wieder soweit ist, werden meine Schritte immer langsamer, je mehr ich mich der Schule nähere. Mein Herz klopft, und ein dicker schwerer Kloß sitzt mir in der Brust. In der Klasse setze ich mich auf meinen neuen Platz, nicht neben Irene, und bin froh, daß mich die anderen Kinder gar nicht beachten. Sie sind viel zu sehr damit beschäftigt, einander von ihren Weihnachtsgeschenken und den Ferien zu erzählen.

Dann kommt die Sprache wieder auf die Klassenfahrt. Irenes Eltern haben nicht genug Geld dafür und fragen deshalb, ob sie einen Zuschuß von der Schule haben können. Irene ist das peinlich. Ich sage Fräulein Fischer, daß mein Vater mir nicht erlaubt mitzufahren.
»Ich werde deinen Vater selbst fragen«, schlägt sie vor.
»Das brauchen Sie nicht, ich will gar nicht mit«, erwidere ich.
Fräulein Fischer sieht mich mit ihren hellen Augen nachdenklich an. »Und warum möchtest du nicht mit?«
Unter ihrem Blick merke ich, wie mir der dicke Kloß in den Hals steigt und mich am Sprechen hindert.
»Nun, ich glaube, ich weiß schon, warum. Aber vielleicht kannst du mir das später selbst sagen«, meint Fräulein Fischer.

»Ihr Gastarbeiter kommt in unser Land, lebt von unseren Steuern und nehmt uns Deutschen die Arbeitsplätze weg!« schimpft Irene wieder mal in der kurzen Pause, die wir im Klassenzimmer verbringen.
»Das ist nicht wahr«, sage ich. »Mein Vater nimmt niemandem etwas weg!«
Die anderen Kinder kommen dazu. Denken sie auch alle so wie Irene? Sie rückt immer dichter an mich heran und packt mich ganz hart am Arm. Ich schüttele sie ab. Im gleichen Moment boxt sie mir in den Bauch. Ich werde wütend und haue zurück. Die anderen Kinder stehen um uns herum und schreien wild durcheinander. Ich höre, wie sie Irene anfeu-

ern. Aber dann höre ich auch meinen Namen! Einige sind also auch auf meiner Seite! Ich fühle mich stark.
Wir kämpfen, bis Fräulein Fischer den Raum betritt und uns auseinanderreißt. Das dauert etwas, weil sie schon alt und nicht mehr so kräftig ist. Sie schimpft mit uns und der ganzen Klasse. Soll sie ruhig, denke ich, für mich war das gut.
Ich habe von dem Kampf eine dicke Schramme auf der Hand. Wenn ich sie anschaue, fühle ich mich nicht mehr schwach, und ich bin ganz stolz. Vielleicht werde ich eine Narbe davon zurückbehalten, die mich immer an diesen Kampf erinnert!

14.

»Ich möchte so gern Großmutter wiedersehen«, sage ich zu Maman. Sie schaut mich traurig an, und dann sagt sie stokkend, daß ich Großmutter nie mehr wiedersehen werde, weil sie vor einem halben Jahr gestorben ist.

Mir fährt ein Stich ins Herz, und ich starre Maman ungläubig an. Ich spüre, wie mir die Tränen übers Gesicht laufen, und ich kann lange nicht aufhören zu weinen. »Aber warum habt ihr uns das nicht früher gesagt?« schluchze ich.

»Weil ich nicht wollte, daß ihr traurig seid«, flüstert Maman und will mich in den Arm nehmen.

»So ist es doch viel schlimmer!« schreie ich und reiße mich los.

Die ganze Zeit habe ich gedacht, daß Großmutter lebt. Jetzt ist sie schon so lange tot, und ich habe nicht einmal geweint, als sie gestorben ist! Ich konnte nicht um ihren Tod trauern. Ich habe schon lange nicht mehr gebetet. Doch heute nehme ich Mamans Tschador und bete in Richtung Mekka. Nach dem Gebet bleibe ich noch eine Weile sitzen und denke an Großmutter, die ich nie mehr sehen werde.

»Kannst du dich noch an ihr Gesicht erinnern?« höre ich plötzlich Sharifes Stimme neben mir.

»Ja, wenn ich die Augen schließe und mir vorsage, wie sie aussah, wenn sie in ihrem Hof am Wasserbecken saß«, flüstere ich.

»Ich kann das nicht«, schluchzt Sharife.

Wir nehmen es unseren Eltern übel, daß sie uns nichts von Großmutters Tod erzählt haben. Als Vater von der Arbeit nach Hause kommt, gehe ich ihm aus dem Weg. Maman erzählt ihm, warum wir traurig sind.
»Ich bin böse auf euch!« schreie ich in die Küche. »Warum sind wir überhaupt hierhergekommen?«
Vater schweigt.

Ich sehe mich durch den Basar laufen. Mein weißer Schleier flattert wie zwei große Flügel über mir, und ich habe das Gefühl, daß ich fliege. Die anderen Menschen kümmern sich nicht um mich. Vielleicht sehen sie mich gar nicht.
»Natürlich!« rufe ich laut. »Ich bin ja unsichtbar!« Und ich lache.
Es ist so schön, in Persien zu sein und unsichtbar durch den Basar zu fliegen. Ich schaue in die kleinen Läden und sehe nach, ob ich ein bekanntes Gesicht finde. Ich erblicke Onkel Reza, der Goldschmied ist, und ich beobachte ihn, wie er gerade einer Kundin ein Kettchen verkauft. Genau so eine Kette hat er mir einmal zu Noruz geschenkt, mit einem kleinen, beweglichen, goldenen Fisch als Anhänger.
Eine Frau in einem schwarzen Tschador betritt den Raum. Sie kommt mir bekannt vor. Ich gehe zu ihr, und dann sehe ich an ihren Augen, daß es Achtar ist, meine Lieblingscousine. Sie ist älter geworden. Sie ist kein Kind mehr. Ich kann nicht mehr mit ihr spielen, denke ich, und traurig verlasse ich das Geschäft meines Onkels.
Ich muß zu Großmutter, und so mache ich mich auf den Weg

zu ihr. Ich kenne ihn gut, denn ich bin ihn schon oft im Traum gegangen. Und trotzdem muß ich aufpassen, denn die Gasse wird immer dunkler, und schließlich muß ich sie wie eine Blinde ertasten. Doch endlich bin ich da und trommle mit beiden Händen an die grüne Tür.

»Ich bin's, Shirin!« rufe ich laut.

Nach einer Weile geht die Tür auf, und ich schaue in den langen Gang. Am seinem anderen Ende flattert ein weißes Tuch und läßt etwas Sonnenlicht herein. Ich laufe durch den Flur, schiebe den Vorhang zur Seite und trete in den Hof.

Endlich bin ich da! Großmutter! Wo ist Großmutter? denke ich. Ich suche sie überall. Aber ich finde sie nicht.

»Großmutter ist doch tot«, sagt Achtar, die jetzt neben mir steht und mich in die Arme nimmt.

Als ich aufwache, tut mir der Hals weh, und ich habe das Gefühl, daß mir der Kopf platzt. Maman mißt Fieber und sagt, daß ich zu Hause bleiben muß. Das ist mir ganz recht. Hoffentlich bleibe ich recht lange krank!

Maman verwöhnt mich. Als Sharife und Parvin nach Hause kommen, sehen sie mich im Bett liegen und Mamans berühmte Gesundheitssuppe löffeln.

»Ich habe auch Fieber«, schmollt Parvin. Maman gibt auch ihnen etwas von der Suppe, und Parvin ist zufrieden.

Am Nachmittag höre ich persische Schallplatten. Früher habe ich alle Lieder auswendig gekonnt, und Maman sagte immer, ich hätte so eine schöne Stimme. Ich versuche nun auch mitzusingen, summe dann aber nur noch die Melodie mit, weil ich vieles von dem Text vergessen habe.

Als die Halsschmerzen und das Fieber nach drei Tagen noch immer nicht verschwunden sind, geht Vater mit mir zum Arzt. Im Wartezimmer sitzen Mütter mit kleineren Jungen und Mädchen. Ich bin das einzige ältere Kind. Aber nicht nur deswegen starren mich die Kinder alle an. Ein kleiner Junge steht eine ganze Weile vor mir, mit offenem Mund und laufender Rotznase. Als ich ihn anlächle, reagiert er nicht. Bald ist mir das zu blöd, und ich schaue aus dem Fenster, stelle mir vor, ich sei hier ganz allein.

Wir müssen lange warten, bis wir aufgerufen werden. Der Doktor ist ein älterer dicker Mann mit Brille. Als er meinen Hals untersucht und meint, daß die Mandeln rausmüssen, mache ich vor Schreck den Mund gleich wieder zu.

»Keine Angst«, lacht er, »das muß nicht jetzt sofort passieren!« Dann schreibt er ein Medikament auf und sagt, daß ich noch eine Woche zu Hause bleiben soll. Nur mit Mühe verberge ich meine Freude.

Rita und Mama-Rita kommen mich fast jeden Tag besuchen, und heute will mir Rita neue Bücher aus der Bücherei bringen. Das ist wirklich ein Glück, weil ich inzwischen nichts mehr zu lesen habe. Am liebsten lese ich Abenteuer- und Indianerbücher. Ich stelle mir oft vor, daß ich ein Indianerhäuptling mit dem Namen »Weiße Feder« bin und gegen die weißen Siedler und Cowboys kämpfe.

Am nächsten Tag kommt mich Fräulein Fischer besuchen. »Die Kinder aus deiner Klasse lassen dich grüßen«, richtet sie mir aus.
»Die sind doch alle gegen mich!« platzt es aus mir heraus.
»Ich glaube, da irrst du dich«, meint Fräulein Fischer. »Ich habe mit der Klasse gesprochen, und ich weiß, daß das nicht stimmt.«
Vielleicht will sie mich nur trösten. Obwohl ich mir nicht vorstellen kann, daß sie mir die Unwahrheit sagt, kann ich ihr nicht so recht glauben, oder vielleicht hat sie den Kindern den Vorschlag gemacht, daß sie mich grüßen lassen sollen. Dann traut sich doch keiner, ihr zu widersprechen.
Fräulein Fischer sitzt eine Weile an meinem Bett, und während wir uns eine persische Schallplatte anhören, betrachtet sie meine Bücher. »Du bist ja eine richtige Leseratte«, sagt sie. Ich freue mich.
Dann bleibt sie noch eine Weile bei Maman in der Küche, trinkt mit ihr Tee, und die beiden unterhalten sich.
»Hoffentlich bist du bald wieder gesund«, sagt sie zum Abschied und winkt mir zu.
»Deine Lehrerin ist aber nett«, meint Sharife.
»Aber nicht so lieb wie meine Fräulein Klein!« ruft Parvin.
»Ist sie doch!« widerspreche ich, einfach so zum Spaß, weil ich weiß, daß ich Parvin damit ärgern kann.
»Du Blöde!« schreit Parvin, und ich schreie zurück, bis mir der Hals weh tut.
»Was ist denn hier los?« fragt Maman, die plötzlich an der

Tür steht. Sie hat richtig rote Backen und sieht ganz fröhlich aus. »Ich glaube, dir geht es wieder gut«, lacht sie. Da können wir uns nicht mehr streiten, und wir lachen alle.
In Persien hatten wir oft Besuch, und Maman hat dann immer so fröhlich ausgeschaut wie jetzt.

15.

Es hilft nichts, ich bin wieder gesund und muß zur Schule. Ich stelle mir vor, daß ich das Haus verlasse, dann aber nicht zur Schule gehe, sondern einfach irgendwo anders hin. Aber wohin? Ich kann doch nicht ewig durch die Straßen laufen. Ich könnte ja jemanden besuchen. Aber wen? Mama-Rita und Rita wohnen bei uns im Haus, und Fräulein Fischer ist ja meine Lehrerin. Sarih habe ich schon lange nicht mehr gesehen, aber die geht ja auch zur Schule. Sonst kenne ich niemanden in der ganzen Stadt. Also muß ich doch in meine Klasse! So ein Mist!

Auf dem Weg treffe ich Ruth. Sie ist eigentlich nie so richtig gemein zu mir gewesen. Aber sie hat auch noch nie mit mir gesprochen.

»Bist du wieder gesund?« fragt sie und geht neben mir her.

»Ja«, sage ich.

Ruth lacht über meine heisere Stimme, und wir laufen zusammen weiter. Am Schultor stehen ein paar Mädchen aus meiner Klasse. Meine Schritte werden langsamer. Meine Beine fühlen sich wieder ganz schwer an, und ich spüre den dicken Kloß in der Brust.

»Was hast du?« fragt Ruth.

»Nichts«, flüstere ich und setze einen Fuß vor den anderen, bewege mich so an der Gruppe vorbei auf den Schulhof. Mein ganzer Körper tut mir weh, und am liebsten will ich kehrtmachen und wieder nach Hause laufen. Doch da klingelt es, und langsam gehe ich in das Schulgebäude.

»Schön, daß du wieder da bist«, sagt Fräulein Fischer, die in der Klasse schon auf uns wartet.

Am liebsten will ich ihr sagen, daß ich das gar nicht schön finde. Natürlich traue ich mich nicht.

»Geht es dir wieder gut?« fragt sie weiter, und als ich ja sagen will, bekomme ich nur ein heiseres Krächzen über die Lippen.

Am Ende der Stunde verteilt sie an alle ein Blatt Papier. Unsere Eltern sollen es unterschreiben und damit ihre Einwilligung für die Klassenfahrt geben. Ich weiß ja schon, daß Vater mir nicht erlaubt mitzufahren.

In der Pause stelle ich mich in eine Ecke und schaue den anderen Kindern zu.

»Ach, hier bist du!« höre ich plötzlich Ruths Stimme.

Ich zucke zusammen und drehe mich zu ihr um. Sie hat Angelika und Jutta untergehakt.

»Spielst du mit uns Gummitwist?« fragt Angelika.

»Ich weiß nicht«, krächze ich heiser und sehe sie prüfend an. Ob sie wirklich mit mir spielen wollen?

»Meine Güte, du bist ja noch ganz schön erkältet«, sagt Angelika, und im gleichen Atemzug meint sie, daß sie Irene doof findet.

»Ist sie nicht eure Freundin?« frage ich leise und stelle dabei fest, daß ich nicht mehr wie eine Krähe klinge.

»Die doch nicht!« meint Ruth. »Als ich neu in der Klasse war, da hat sie mich jeden Tag geärgert!«

»Warst du auch mal neu?« frage ich überrascht.
»Na klar«, sagt Jutta, »das war, bevor du in die Klasse gekommen bist.«
»Und dann hat sie angefangen, mich zu ärgern«, sage ich.
»Aber zu dir war sie ganz besonders fies!« schimpft Ruth.
»Die soll dich bloß in Ruhe lassen!« sagt Angelika. »Aber los, laßt uns jetzt endlich spielen.«
Doch da klingelt es schon wieder, und wir müssen zurück zum Unterricht.

Ich glaube, ich habe jetzt Freundinnen in meiner Klasse. Jedenfalls bin ich auf dem Pausenhof nicht mehr allein. Jutta und die anderen bringen mir Gummitwist bei und verraten mir sogar ihre Geheimnisse. Angelika und Ruth haben sich in zwei Jungen verliebt. Deswegen laufen wir immer in ihrer Nähe herum. Angelika und Ruth tun dann so, als würden sie Reinhard und Manfred nicht beachten, und Jutta und ich gucken, ob die beiden zu uns herüberschauen. Irgendwie ist das ganz lustig, und wir müssen dabei ganz schön lachen.

16.

Alle freuen sich auf die Klassenfahrt, und auch Irene hat wohl inzwischen das Geld dazu bekommen. Ich habe noch einmal mit Vater darüber gesprochen, aber er will es mir nicht erlauben. Vor ein paar Wochen war mir das ganz recht, aber seitdem ich Freundinnen habe, würde ich doch gern mitfahren.
»Sollen wir mit deinem Vater sprechen?« fragt Jutta.
»Ich glaube nicht, daß das was hilft.«
Ich finde es so gemein von Vater, daß er mir die Klassenfahrt nicht erlauben will! Alle anderen dürfen doch auch!

Heute kommt Jutta mich zum erstenmal besuchen, und ich räume freiwillig unser Zimmer auf. Sharife verzieht sich gleich und hilft mir überhaupt nicht dabei. Ärgerlich werfe ich alles, was ihr gehört und in der Gegend herumliegt, auf ihr Bett. Parvins Spielzeug und Kleider packe ich in den Schrank.
Ungeduldig warte ich auf Jutta, die um drei Uhr hier sein wollte. Von meinem Fenster aus kann ich auf die große Uhr auf der anderen Straßenseite blicken. Immer wieder kneife ich die Augen zusammen, damit ich die Uhrzeit erkennen kann. Letztes Jahr konnte ich das Zifferblatt noch ganz klar sehen, doch seit einiger Zeit sind meine Augen ziemlich schlecht geworden. Im Unterricht muß ich immer zur Tafel laufen, um das Geschriebene entziffern zu können. Fräulein

Fischer sagt fast jeden Tag zu mir, daß ich zum Augenarzt gehen soll.
Als es klingelt, rase ich zur Tür.
»Hallo«, sagt Jutta und lächelt.
Sharife, Parvin und Hamid stecken ihre Köpfe durch die Wohnzimmertür. »Das sind meine Geschwister«, stelle ich sie vor. »Und das ist Jutta!«
Auch Maman kommt aus der Küche und begrüßt sie. Ich ziehe Jutta mit in mein Zimmer.
»Wo schläfst du?« fragt sie.
»Da, wo es am ordentlichsten ist!« sage ich lachend. Sofort zeigt Jutta auf mein Bett.
»Genau!«
»Du hast aber ein großes Bett«, staunt sie, und ich erkläre, daß ich es mit Parvin teilen muß.
»Du hast es gut!« seufzt Jutta. »Ich wünsche mir manchmal auch eine kleine Schwester.«
»Das ist aber nicht immer schön«, meine ich. »Wenn du Geschwister hast, gibt es oft Streit.«
Jutta hat ein paar Zeitschriften mitgebracht. Wir setzen uns auf mein Bett und blättern in ihnen herum. Da entdecke ich ein Foto vom persischen Königspaar.
»Hast du den Schah schon mal gesehen?« fragt Jutta.
Ich denke nach, und mir fällt ein, wie ich und Maman zu Hause in Teheran einmal mit vielen anderen Fußgängern am Straßenrand warten mußten, bis ein paar Autos vorbeigefahren waren. In einem der Wagen saß der Schah, und ich habe ihm zugewinkt.

Erstaunt stelle ich fest, daß Jutta viel über ihn weiß. Vor allem, daß er sehr traurig sein soll, weil ihm seine Frau noch keinen Sohn als Thronfolger geschenkt hat.

»Wie findest du ihn denn?« fragt sie mich. »Mein Vater mag ihn nicht. Er sagt, daß er sehr viel Geld hat, aber den armen Leuten nichts abgibt. Stimmt das?«

»Ich glaube, ja«, sage ich leise. »Er ist sehr reich, und viele Menschen in Persien sind sehr arm.«

»Guck mal, der sieht aus wie Elvis Presley!« Jutta zeigt auf das Bild eines jungen Mannes, der eine Gitarre in den Händen hält.

»Aber längst nicht so gut«, meine ich. »Kannst du Rock 'n' Roll?«

»O ja! Komm, laß uns tanzen!«

»Aber ich hab nicht die richtige Musik«, sage ich und sehe Juttas enttäuschtes Gesicht. Da kommt mir eine Idee. »Warte, ich bin gleich wieder da!«

Rita staunt nicht schlecht, als ich sie bitte, mir eine ihrer vielen Elvis-Platten auszuleihen.

Wir tanzen im Wohnzimmer Rock 'n' Roll! Sharife, Parvin und Hamid kommen dazu und tanzen mit. So lange, bis der Nachbar von unten gegen die Decke klopft. Völlig erhitzt und mit hochroten Köpfen liegen wir dann auf dem Teppich, albern miteinander herum, bis Maman uns in die Küche ruft. Sie hat Tee gekocht, und in einer Schale liegen die Pistazien, die Onkel Reza uns geschickt hat.

»Sind die lecker!« schwärmt Jutta. »Solche Nüsse habe ich noch nie gegessen.«

Immer nach dem Abendessen ruht Vater sich im Wohnzimmer aus, wo Maman ihm Tee serviert. Heute setze ich mich zu ihm. Wie so oft ist er mit seinen Gedanken ganz woanders, wirkt bedrückt und ist schlecht gelaunt.
Ich hole ein paarmal Luft, um ihn zu fragen, doch jedesmal beiße ich mir auf die Zunge. Was ist, wenn er nein sagt?
»Nun, Shirin, was willst du?« fragt er plötzlich, ohne von seinem Teeglas aufzublicken.
»Ich … ich wollte dir sagen, daß ich doch gern mit auf die Klassenfahrt möchte.«
»Du kennst meine Antwort!«
»Bitte laß mich mitfahren!«
»Das habe ich dir doch schon mal erklärt. Du bist ein Mädchen, und du bist eine Muslima. Stimmt's? Du lebst in Deutschland, und du gehst in eine Klasse, in der auch Jungen sind. Das habe ich dir erlaubt, und glaube mir, das ist mir nicht leichtgefallen. Aber ich kann nicht zulassen, daß du ohne Aufsicht deiner Eltern irgendwo übernachtest! Und schon gar nicht, wenn Jungen dabei sind.«
»Aber meine Lehrerin ist doch da, und was kann mir überhaupt passieren?«
»Schluß jetzt!«
»Ich will aber mitfahren!« brülle ich Vater an. Er fährt hoch und verpaßt mir eine Ohrfeige.
»Laß das Kind, Mahalati!« ruft Maman, die plötzlich in der Tür steht. »Und du, geh auf dein Zimmer!« herrscht sie mich an.

17.

Ich spreche noch weniger als sonst mit Vater. Ich bin so sauer auf ihn. Ihm ist es völlig egal, ob ich mich hier wohl fühle oder nicht.
Ich erzähle Jutta, Angelika und Ruth von dem Streit.
»Ich kann deinen Vater nicht verstehen«, sagt Jutta.
»Hört mal, ich hab eine Idee!« sagt Angelika. »Wir gehen alle zu deiner Mutter und bitten sie noch mal, daß sie dich mitfahren läßt!«
»Das hat keinen Sinn«, sage ich. »Mein Vater ist dagegen, und meine Mutter kann mir da auch nicht weiterhelfen.«
»Ich finde, deine Mutter ist ganz lieb!« meint Jutta. »Und vielleicht versucht sie es und stimmt deinen Vater doch noch um, wenn wir sie darum bitten.«
Alle meine Einwände gehen unter. Sie wollen es auf jeden Fall versuchen.
»Aber wartet, bis ich mit meiner Mutter gesprochen habe.«

Zu Hause hat Maman den Noruztisch festlich geschmückt. Nun sind wir schon mehr als zwei Jahre in Deutschland, und das ist unser drittes Noruzfest hier. So vieles hat sich seitdem verändert!
Als auch Sharife von der Schule kommt, setzen wir uns alle an den Tisch zum Essen. Maman ist bestimmt traurig, weil sie auch dieses Noruzfest ohne ihre Geschwister feiern muß.

Im Wohnzimmer hängen Fotos von Vater und seinen ehemaligen Kollegen und Freunden in Persien. Auf einem Bild stehen sie an einem reichgeschmückten Noruztisch. Sie tragen kostbare, mit Gold- und Silberfäden bestickte Anzüge. An der Seite trägt jeder einen Zierdegen. Vater ist jünger als die anderen, und wir finden alle, daß er der Schönste ist. Ob auch er diese Feiern mit seinen Kollegen vermißt? Vielleicht ist er deshalb immer so traurig.
Obwohl ich wütend auf ihn bin, tut er mir plötzlich leid. Aber auch ich bin traurig, und wenn ich an Achtar und an Großmutter denke, spüre ich den dicken Kloß in meinem Hals, der mir das Atmen schwermacht.

Am Nachmittag klingelt das Telefon, und Sarihs Mutter, Frau Teherani, meldet sich mit ihren Kindern bei uns an. Maman hat in letzter Zeit schon ein paarmal mit ihr telefoniert. Ich freue mich, daß ich Sarih nun endlich wiedersehen werde. Und plötzlich steht auch Marianne mit einem Blumenstrauß vor der Tür. Jetzt haben wir doch noch Gäste zu Noruz!
Marianne war schon so lange nicht mehr bei uns. Sie erzählt uns von ihrem Lehrerstudium und ihrer vielen Arbeit und daß sie bald in ein Studentenwohnheim ziehen wird.
»Und was sagt deine Mutter dazu?« fragt Maman.
»Das muß sie akzeptieren«, meint Marianne. »Ich muß ja schließlich lernen, auf eigenen Füßen zu stehen.«
Ich sehe, wie Maman die Stirn runzelt. Sie findet das bestimmt nicht gut.

Sarih hat sich irgendwie verändert. Sie sieht viel älter aus als vor ein paar Monaten, als ich sie und ihre Mutter zufällig im Alsterhaus getroffen habe.
»Schließlich bin ich ja auch älter als du Küken«, meint sie betont hochnäsig, als ich ihr das sage. Sie lacht über mein beleidigtes Gesicht, so daß ich mitlachen muß.
Wir setzen uns auf mein Bett, und leise flüstert sie mir zu, daß sie ein Geheimnis hat. Zuerst will sie es mir nicht verraten, und jedesmal, wenn sie endlich zum Erzählen ansetzt, beißt sie sich dann doch noch auf die Lippen.
Irgendwie ahne ich etwas. »Du … du hast dich … gib's zu, du hast dich verliebt!« sage ich und muß kichern.
»Sei leise!« flüstert Sarih und guckt mich ernst an. »Versprich mir, daß du es für dich behältst!«
»Ja, ich versprech's.«
»Was ist denn mit euch los?« hören wir plötzlich Sharifes Stimme, und wir schrecken zusammen.
»Was soll denn los sein?« frage ich sie und tue ganz harmlos. »Wir unterhalten uns nur.«
Sharife bleibt noch einen Augenblick bei uns stehen. Als sie merkt, daß sie uns stört, geht sie zu Marianne in die Küche.
»Warst du schon einmal verliebt?« fragt Sarih.
»Nein«, flüstere ich und schaue mich um, ob wir nicht doch belauscht werden.
»Mich hat es erwischt! Er geht in meine Schule. Er liebt mich auch!«
»Was machst du, wenn das herauskommt?« frage ich sie erschrocken.

»Ich laufe weg, oder ich bringe mich um!« erklärt Sarih mit trotziger Stimme.
»Du mußt aufpassen!« sage ich. Sarih nickt und hat einen ganz verträumten Ausdruck im Gesicht.
In Deutschland ist alles anders! Hier ist es in Ordnung, wenn Mädchen und Jungen zusammen spielen, sich ineinander verlieben und miteinander gehen. Aber Sarihs und meine Eltern möchten nicht, daß wir uns mit Jungen anfreunden. Vor der Heirat dürfen wir einen Mann oder einen Jungen nur treffen, wenn jemand von der Familie dabei ist.
»Gegen das Verlieben kannst du nichts machen«, sagt Sarih zu mir. »Das geschieht mit dir einfach!«
Was mache ich bloß, wenn mir das passiert? Vater wird mir niemals erlauben, einen Freund zu haben!

Als unser Besuch gegangen ist, sage ich Maman, daß mich meine Schulfreundinnen besuchen wollen. Sie schlägt vor, daß ich sie einladen soll, solange der Noruztisch noch geschmückt ist.
»Bring sie doch übermorgen nach der Schule mit«, meint Maman. »Ich werde euch etwas Schönes kochen.«
Zwei Tage später kommen Ruth, Angelika und Jutta mit zu mir nach Hause. Ich erkläre ihnen unser Frühlingsfest, was der Goldfisch, der Koran, der Spiegel und all die anderen Dinge auf dem Tisch bedeuten, und Maman bietet ihnen Pistazien an. Dann setzen wir uns in die Küche und essen Linsenreis mit Huhn.
»Ich habe noch nie Linsen und Reis zusammen gegessen«,

meint Jutta mit vollen Backen. »Aber das schmeckt wirklich gut!«
Ruth stochert etwas auf ihrem Teller herum. »Ich mag keine Linsen«, sagt sie leise zu mir. Maman hört das und reicht ihr den Teller mit dem gebratenen Huhn.
Parvin quengelt und will auch nur Huhn haben, während Hamid vor sich hin brabbelt, alle anstrahlt und es einfach toll findet, mit so vielen Kindern am Tisch zu sitzen.
»Hmm, ist das lecker!« schwärmt Angelika, und Maman freut sich über das Lob. »Frau Mahalati, bitte, lassen Sie Shirin doch mit auf die Klassenfahrt!« sagt Angelika dann gleich danach, und ich sehe, wie das Lächeln auf Mamans Gesicht verschwindet. Nun sieht sie verärgert aus.
»Hast du ihnen das nicht erklärt?« fragt sie mich auf persisch.
»Dein Vater möchte das nicht!« Ich übersetze Mamans Worte.
»Was kann Shirin denn passieren?« fragt Jutta.
»Wenn Sie möchten, passen wir alle auf sie auf!« meint Ruth.
»Ach bitte, können Sie Ihren Mann nicht noch einmal fragen?« drängen die Mädchen.
Maman antwortet zuerst nicht. »Mein Mann ist sehr streng«, sagt sie dann zögernd.
Meine Freundinnen gucken enttäuscht, und ich ärgere mich. Jetzt, da ich auch so gern mitfahren möchte, könnte Maman mich ruhig mehr unterstützen.
»Gut«, sagt Maman und lächelt wieder. »Ich frage ihn.«
Nach dem Essen setzen wir Freundinnen uns ins Wohnzim-

mer, und Ruth fragt: »Meinst du, sie redet mit deinem Vater?«

»Ich weiß nicht«, antworte ich zögernd.

»Aber sie hat es uns doch versprochen!« sagt Angelika.

Ich will nicht mehr an die Klassenfahrt denken! Also lege ich Ritas Elvis-Platte auf, und wir tanzen so wild, daß der Noruztisch wackelt und der kleine Goldfisch erschrocken herumschwimmt.

Es macht Spaß, Gäste zu haben!

Als der Nachbar unter uns wieder Klopfzeichen gibt, hören wir nicht sofort auf, sondern tanzen einfach weiter.

18.

Maman hat sich verändert. Noch vor kurzem hat sie mit uns fröhlich Noruz gefeiert, hat Gäste bekocht und bewirtet, und nun ist sie wieder so ganz anders. Sie geht kaum noch aus dem Haus und schickt fast immer Sharife oder mich zum Einkaufen. Ihr Versprechen, mit Vater über die Klassenfahrt zu reden, hat sie auch nicht gehalten.

»Was sagt dein Vater? Darfst du mit?« fragen mich meine Freundinnen jeden Tag.

Ein paarmal habe ich Maman daran erinnert, und jedesmal hat sie gesagt, daß sie noch mit ihm reden wird. Aber wann?

»Ich glaube, sie denkt, daß er seine Meinung sowieso nicht ändert«, sage ich heute auf dem Heimweg zu Jutta. »Ich muß wohl hierbleiben.«

Zu Hause steht das Essen bereits auf dem Küchentisch, doch Maman liegt mit geschlossenen Augen auf dem Sofa im Wohnzimmer. Sie will nicht gestört werden. »Nimm mir Hamid ab«, flüstert sie leise. »Ich weiß auch nicht, warum ich so müde bin.«

»Ich muß zum Augenarzt.«

»Du mußt nicht soviel lesen!« meint sie mit müder Stimme.

»Ich kann in der Klasse die Schrift auf der Tafel nicht mehr erkennen.«

Maman setzt sich auf. »Ach, Kind«, sagt sie und schaut mich

traurig an. »Kannst du vielleicht rausbekommen, ob es hier in der Nähe einen Augenarzt gibt?«
Mama-Rita schreibt mir die Adresse und Telefonnummer ihres Augenarztes auf. Ich rufe gleich an und vereinbare einen Termin für den nächsten Tag.
»Geh da ruhig allein hin«, meint Maman. »Du kannst sowieso besser deutsch als ich und brauchst mich nicht.«
Doch, du sollst mit! will ich ihr am liebsten sagen.
»Vielleicht kommt Jutta mit. Darf ich danach zu ihr?« frage ich statt dessen.
»Dann wird es so spät«, meint Maman zögernd, willigt aber doch ein und sagt, daß ich auf jeden Fall vor Vater zu Hause sein muß.

Der Augenarzt schimpft und sagt, ich sei stark kurzsichtig und warum ich denn nicht schon eher gekommen bin. Er verschreibt mir eine Brille.
Jutta meint, eine Brille sei schick, und ich solle mich darauf freuen.
Nach dem Arztbesuch gehen wir gemeinsam zum Optiker. Ein junger Mann zeigt uns die verschiedenen Brillengestelle. Leider habe ich keine große Wahl, da ich eines der wenigen von der Versicherung bezahlten Gestelle nehmen muß. Ich finde, sie sehen beide scheußlich aus, und ich finde mich so häßlich damit!
»Mit Brille sieht man viel älter aus«, sagt Jutta und probiert dabei auch ein Gestell auf. »Und irgendwie schlauer.«
»Meinst du das wirklich?«

»Ja!« sagt sie und zieht mich lachend vor einen großen runden Spiegel. »Schau doch, wie klug wir aussehen!« Kichernd drehen wir uns vor dem Spiegel und vergessen fast den Optiker.
»So, und welches Gestell möchtest du nun haben?« fragt der junge Mann schließlich lächelnd und nickt mir freundlich zu.
Noch einmal probiere ich die in Frage kommenden Gestelle aus und entscheide mich mit Juttas Hilfe für das eine mit dem etwas ovaleren Rahmen.

Jutta wohnt nicht weit vom Gemüsemarkt, auf dem ihre Mutter an manchen Tagen aushilft. Ihr Vater arbeitet auf einer Schiffswerft. Die Wohnung ihrer Eltern ist klein und gemütlich. Sobald wir Juttas Zimmer betreten, fängt ihr blauer Wellensittich auf der Fensterbank an zu zwitschern.
»Er freut sich, wenn ich nach Hause komme«, sagt Jutta.
»Kannst du ein Geheimnis behalten?« frage ich Jutta nach einer Weile. Sie nickt, und ich erzähle ihr von Sarih.
»Was ist denn da schon dabei?« sagt sie. »Jeder kann sich verlieben. Ich war auch schon verliebt, und daß Ruth und Angelika verknallt sind, weißt du doch!«
»Ich weiß, und ich sehe auch dauernd, wie Rita und Horst sich knutschen. Aber Sarih ist Perserin«, erkläre ich. »Und deswegen darf sie keinen Freund haben.«
»Wieso denn nicht?« fragt Jutta.
Ich versuche es ihr zu erklären, und dabei merke ich, daß ich es selbst nicht mehr verstehe.

Jutta bringt mir ein Spiel bei, das »Mensch, ärgere dich nicht« heißt.
»Zu viert macht es mehr Spaß«, meint Jutta. »Wir können es ja mit auf die Klassenfahrt ... oh, ich hab vergessen ... So ein Mist, daß du nicht mit darfst!«
»Am besten, wir reden nicht mehr darüber«, schlage ich vor.
Wir hören, wie die Wohnungstür aufgeschlossen wird. »Jutta, bist du da?« ruft ihre Mutter. Jutta zwinkert mir zu und versteckt sich hinter dem Schrank in ihrem Zimmer. Als ihre Mutter die Tür öffnet und nur mich auf dem Bett sitzen sieht, guckt sie ganz erstaunt.
»Na, Shirin!« lacht sie dann. »Nach Juttas Beschreibungen kannst das nur du sein, und dann ist Jutta auch nicht weit, nicht wahr?«
Da springt Jutta mit einem lauten Schrei hinter dem Schrank hervor, und ihre Mutter und ich zucken trotzdem zusammen, obwohl wir wissen, daß das nur sie sein kann.
Während Frau Jensen Kartoffeln schält, erzählt Jutta ihr, was sie in der Schule alles erlebt hat, daß sie beim Bäcker war und mit mir beim Augenarzt und Optiker und daß sie im »Mensch, ärgere dich nicht« gegen mich verloren hat. Sie unterhalten sich die ganze Zeit, und mir kommt es vor, als würden sie mich zwischendurch ganz vergessen. Sie albern herum und lachen wie zwei Freundinnen. So ist es eigentlich nie mit Maman und mir, und ich bin ein bißchen neidisch und eifersüchtig.

Ich gehe mit Jutta eingehakt über den Schulhof. Wir treffen

Angelika und Ruth, und nun spielen wir »Teekesselchen«. Dabei denken sich immer zwei Kinder einen Begriff aus, der zwei verschiedene Bedeutungen hat. Jedes Kind muß sein »Teekesselchen« beschreiben, und die anderen Kinder müssen das Wort erraten. Jutta und ich tuscheln und einigen uns auf den Begriff »Birne«. Mein Teekesselchen ist die Frucht-Birne und Juttas Teekesselchen der Kopf Birne. Angelika errät das ganz schnell. Nun kommen sie und Ruth dran. Ihre Teekesselchen sind Blätter, vom Baum und aus Papier. Das Spiel macht Spaß, und bald kommen noch ein paar andere Mädchen aus unserer Klasse dazu.
Auch Irene und Gerda sind dabei. Sie sind nicht mehr so gemein zu mir. Neulich hat Gerda mir ihren Bleistift ausgeliehen, weil ich meinen vergessen hatte. Irene läßt mich zwar in Ruhe, aber reden tun wir nie miteinander.
Beim Teekesselchenspielen müssen wir alle lachen, und irgendwie passiert es. »Das Wort war aber schwierig«, sage ich zu Irene. Sie lacht mich an, und dabei wird sie rot. Ich glaube, sie ist nicht mehr gegen mich.

Am Nachmittag hole ich mir meine neue Brille beim Optiker ab. Als ich sie aufsetze, ist es so, als würde ich die Welt ganz neu sehen. Alles ist so wunderbar klar und deutlich! Und jetzt ist es mir fast egal, ob ich mit Brille hübsch oder häßlich aussehe!
Ich habe noch etwas Zeit und beschließe, Jutta mit meiner neuen Brille zu besuchen. Ein kleiner, etwas dicker Mann öffnet die Tür. Er guckt mich neugierig an.

»Ist Jutta da?« frage ich leise.
»Ach, du bist bestimmt die Shirin!« sagt er und lacht freundlich. Er dreht sich um und ruft ganz laut: »Jutta! Deine Freundin!«
Jutta findet, daß mir die Brille gut steht. Ihr Vater setzt sich die seine auf, und bevor er anfängt die Zeitung zu lesen, fragt er sie grinsend, ob sie ihn auch hübsch findet.
Da Maman nicht weiß, daß ich hier bin, bleibe ich nicht lange.
»Komm uns bald wieder besuchen«, sagt Herr Jensen zum Abschied.

Und dann ist es soweit! Vor dem Schulhof parkt ein Bus, und alle Kinder aus meiner Klasse warten, mit Koffern und Taschen beladen und begleitet von ihren Eltern, auf die Abfahrt. Ich stelle mich weit weg von ihnen. Ich spüre, wie mir die Tränen kommen. Nein! Ich will nicht weinen!
»Da bist du ja!« höre ich plötzlich Juttas Stimme. »Ist wirklich blöd, daß du hierbleiben mußt!« Vor Aufregung hüpft sie von einem Bein auf das andere. »Aber ich schreibe dir, Ehrenwort!«
Ich nicke und beiße mir ganz fest auf die Lippen. Da legt Jutta den Arm um mich. Das hätte sie nicht tun sollen, denn jetzt muß ich weinen, und meine Brillengläser werden ganz naß. Auch Jutta weint.
»Wir schreiben dir alle«, höre ich Fräulein Fischers Stimme. »Ich finde es auch so schade, daß du nicht mitkommen kannst. Vielleicht das nächste Mal.«

Als es zum Unterricht klingelt, verabschiede ich mich ganz schnell von Jutta und den anderen und laufe in die Parallelklasse, die ich in dieser Woche besuchen muß. Die Lehrerin stellt mich kurz vor, und dann zeigt sie mir einen leeren Platz ganz hinten im Raum. Das ist mir recht so. Hier kann ich mich hinter den Rücken der anderen Kinder verstecken, und niemand kann sehen, daß ich traurig bin.
Nun bin ich also wieder einmal in einer neuen Klasse gelandet, wenn auch nur für eine Woche. Aber diesmal ist es anders, weil ich einige Kinder bereits kenne und mit manchen von ihnen auf dem Schulhof gespielt habe.
Schon nach ein paar Tagen erhalte ich eine Karte von der ganzen Klasse und von Jutta einen Brief. »Schade, daß Du nicht hier bist«, schreibt sie.

In dieser Woche vermisse ich Jutta sehr, und zu Hause bin ich unausstehlich. Ich vergrabe mich im Kinderzimmer hinter einem Buch. Dann sehe ich Maman nicht, die immer irgend etwas von mir will, selbst wenn sie auf dem Sofa liegt. Einmal beschwert sie sich bei Vater über mich. Und Vater schimpft. Er ist sowieso unzufrieden mit mir. Ich gefalle ihm nicht, das merke ich immer mehr. Er sagt, ich sei frech geworden.
Einmal, als ich am Fenster stehe und hinausschaue, stellt er sich neben mich und zeigt auf ein Pärchen, das auf der gegenüberliegenden Straßenseite Hand in Hand geht. »Das ist, was dich interessiert, oder? Wahrscheinlich willst du das auch machen. Mit irgendeinem Mann so durch die

Straßen laufen.« Er redet immer weiter, und ich weiß nicht, was ich sagen oder tun soll. Er ist so ungerecht und so böse zu mir. Ich hatte die beiden doch noch nicht einmal gesehen!
»Ist das der Grund, warum ich nicht mitfahren durfte?« schreie ich ihn plötzlich an. »Meinst du, daß ich dann mit einem Jungen gehe?«
»Wie redest du mit mir?« brüllt er zurück. »Du hast keinen Respekt vor mir!« Und dann sagt er noch etwas auf farsi, das ich nicht so ganz verstehe.
»Ich weiß nicht, was du meinst, aber warum hast du kein Vertrauen zu mir?« schluchze ich, und das sage ich auf deutsch, weil mir das Wort für Vertrauen in Farsi nicht einfällt. Und nun versteht Vater mich nicht.
»Sprich gefälligst deine Muttersprache, wenn du mir etwas zu sagen hast!« donnert er mich an, und Maman schüttelt verzweifelt den Kopf.
Hamid kommt zu mir gelaufen und setzt sich auf meine Füße. »Laß das!« schimpft er mit Vater. »Meine Schwester!« Sharife und Parvin stehen die ganze Zeit mit großen erschrockenen Augen dabei und geben keinen Mucks von sich. Ich nehme Hamid auf den Arm und gehe mit ihm ins Kinderzimmer.
Nach einer Weile kommt Maman zu mir. »Du darfst Vater nicht aufregen«, beschwört sie mich. »Er ist krank, das weißt du doch.«
»Dann muß er eben zum Arzt!« schreie ich sie an.
Ich will, daß diese Woche schnell vorübergeht!

Rene sagt, daß ihr Vater auch sehr streng war. »Ich durfte lange keinen Freund haben. Aber als ich dann alt genug war, hatte mein Vater nichts mehr dagegen.«
»Ich werde nie einen Freund haben dürfen«, sage ich, »aber auf die Klassenfahrt mitfahren, daß hat doch damit nichts zu tun!«
»Bist du da sicher?«
»Na ja«, sage ich, »Vater will eben nicht, daß ich mit Jungen zusammenkomme.«
»Gib doch zu, daß du dich für Jungen interessierst«, mischt Sharife sich ein. »Worüber hast du dich denn sonst neulich mit Sarih unterhalten? Nicht etwa über Jungen?«
»Ach, du bist doch nur neidisch, daß Sarih meine Freundin ist und nicht deine!« schreie ich sie wütend an.
»Bin ich nicht!« brüllt sie zurück.
Und schon sind wir wieder mitten in einem lauten Streit, in den sich bald auch Hamid mit Geschrei einmischt. Durch unser Gezanke wacht Maman auf, kommt dazu und schimpft. Sie will wissen, worüber wir uns streiten, weil sie uns nicht versteht.
»Über nichts Besonderes«, murmele ich auf farsi und schaue Sharife beschwörend an. Diesmal hält meine Schwester den Mund.
Maman schaut uns traurig an und geht wieder zurück ins Wohnzimmer.

Ich komme mit mir nicht klar. Ich ärgere mich über meine Eltern, bin stinkwütend auf sie, und im nächsten Moment tun

sie mir leid, und ich kriege ein so blödes Gefühl im Magen, weil ich nicht bin, wie sie mich haben wollen.
Es ist komisch geworden in unserer Familie. Wir Kinder unterhalten uns miteinander auf deutsch, und mit unseren Eltern sprechen wir farsi. Wir machen immer größere Fortschritte im Deutschen, doch unser Farsi wird nicht besser. Wir sind in unserer eigentlichen Muttersprache stehengeblieben. Viele Begriffe, die wir in Deutschland kennengelernt haben, können wir nicht ins Persische übersetzen. Manchmal will ich Maman etwas sagen, aber mir fehlen die persischen Worte dazu, und die deutschen kennt sie nicht.

Ich räume mein Regal auf, und dabei fällt mir die Telefonnummer von Sarih in die Hände. Ich rufe sie an, und wir unterhalten uns lange miteinander. Sie erzählt, daß sie immer noch in denselben Jungen verliebt ist und daß sie es geschafft hat, mit ihm ins Kino zu gehen, ohne daß ihre Eltern es gemerkt haben. »Die verbieten mir alles«, meint sie, »aber ich mache trotzdem, was ich will!«
»Wie denn?« frage ich erstaunt.
»Heimlich!« lacht Sarih. »So mußt du es auch machen!«
»Du meinst also, ich hätte heimlich auf die Klassenfahrt gehen sollen?« frage ich und pruste los.
»Genau!« lacht sie. »Du hast es kapiert!«
Wir albern noch eine Weile herum. Doch dann sage ich ihr, daß ich Heimlichkeiten nicht so gut finde, daß es doch auch einen anderen Weg geben muß.

»Erzähl mir davon, wenn du ihn gefunden hast!« meint sie trocken.

Endlich ist diese lange Woche vorbei, und meine Klasse ist von der Reise zurück. Sie alle sind sehr fröhlich und erzählen lauthals von irgendwelchen Kissen- und Wasserschlachten, von Fröschen in den Mädchenbetten und einer unheimlichen Nachtwanderung. Ich höre mir ihre Geschichten an und versuche mir nicht anmerken zu lassen, wie traurig und eifersüchtig ich bin. Ja, das bin ich! Ich bin richtig neidisch auf sie alle. Aber eigentlich können sie ja auch nichts dafür, daß ich nicht mit durfte.
Jetzt, wo Jutta wieder da ist, geht es mir besser. Am Nachmittag bettle ich so lange, bis Maman mir erlaubt, sie zu besuchen.
Wenn Juttas Vater Nachtschicht hat, ruht er sich am Tag aus. Heute ist er zu Hause, sitzt in der Küche am Tisch und trinkt Kaffee. »Na, Shirin«, sagt er und lacht dabei, »du bist auch froh, daß unsere Jutta wieder da ist, nicht wahr?«
Juttas Mutter arbeitet heute wieder auf dem Gemüsemarkt. Wir gehen sie besuchen, und sie gibt jedem von uns einen Apfel und eine Birne. Die anderen Marktfrauen sind neugierig und fragen sie nach mir aus. »Wo kümmt die schwatte Deern denn her?« höre ich sie fragen.

Ich schaue mir nachdenklich die Gesichter meiner Klassenkameraden an. Nach den Osterferien, die nächste Woche beginnen, werden wir schon in die siebte Klasse kommen.

Ich erinnere mich daran, wie schwer der Anfang hier für mich gewesen war. Ich streiche über die verblaßte Narbe auf meiner Hand, schaue zu Irene hinüber, und wir lächeln uns an. Ich kann inzwischen ohne Probleme deutsch sprechen, und ich habe Freundinnen gefunden.
In der Pause gehe ich Hand in Hand mit Jutta über den Schulhof. Angelika und Reinhard kommen lächelnd auf uns zu. Die beiden gehen nun schon seit mehreren Monaten miteinander, doch die Freundschaft zwischen Ruth und Manfred hat nur eine Woche gedauert.
Immer noch falle ich auf, und vielleicht wird sich das nie ändern. Aber seit ich Freundinnen habe, vergesse ich das manchmal. Ich versuche einfach, die Blicke der Leute nicht wahrzunehmen.
Zu schaffen macht mir, daß ich anders werde, als meine Eltern mich haben wollen. Ich meine, daß sie denken, ich müßte so sein wie ein Mädchen in Persien. Ich bin aber nun einmal hier. Im Grunde lebe ich in zwei verschiedenen Welten. Oder lebe ich vielleicht dazwischen?
Ich treffe mich nun oft mit Sarih und weiß, daß es ihr ähnlich geht wie mir. Immer noch führt sie ein Doppelleben. Aber so, wie sie sich zu helfen versucht, gefällt es mir nicht. Eine andere Lösung für ihr Problem hat sie nicht gefunden.
Welchen Weg werde ich später einmal gehen?

In der letzten Zeit denke ich oft an Großmutter, und ich versuche mich an meine ersten Lebensjahre in Persien zu erinnern. Dabei fallen mir Bilder ein, die ich längst vergessen glaubte. Mir fällt Marjam ein, die Maman im Haushalt geholfen hat. Wenn sie Zeit hatte, spielte sie mit uns. Ich sehe uns, wie wir uns im Hof jagten, uns voreinander versteckten. Wenn ich an Marjam denke, höre ich unser Lachen, sehe ich unsere vom Spiel erhitzten Gesichter. Sie hatte mir oft unglaubliche Dinge erzählt, die dann für mich wahr wurden. »Wenn der Bambus blüht, werden die Puppen lebendig!« hatte sie mir damals gesagt. Und dann sah ich den Bambus blühen, und ich spielte mit den lebendig gewordenen Puppen. Noch heute kommt es mir so vor, als hätte ich das damals wirklich erlebt und nicht etwa geträumt.

Marjam muß zu der Zeit fünfzehn Jahre alt gewesen sein. Ob sie wohl inzwischen geheiratet hat?

Mir fällt das Wasserbecken in unserem Hof in Teheran ein, und ich bilde mir ein, daß ich auf dem Wasser stehen konnte, obwohl ich weiß, daß das nicht sein kann. Um das Becken hatte Vater rote und weiße Geranien und Rosen gepflanzt, und hier war auch der Bambus, der nur für mich blühte. Ich erinnere mich an die bunten Schmetterlinge, die um die Blumen und Sträucher herum tanzten.

Es ist kein richtiges Heimweh, wodurch diese Gedanken entstehen. Wir sind ja inzwischen schon fast drei Jahre hier, und ich habe schon so vieles vergessen. Nur ab und zu fällt mir ganz plötzlich etwas von früher ein.

Ruth hatte mir vor einiger Zeit in mein Poesiealbum geschrieben: »Vergesse nie die Heimat, wo deine Wiege stand. Du findest in der Ferne kein zweites Heimatland.« Obwohl sie nichts dafür kann, habe ich mich über diesen Spruch geärgert. Heimat kann doch nicht der Ort sein, wo man zufällig geboren wurde. Aber was ist dann Heimat? Ich glaube, Heimat ist das Gefühl, irgendwo hinzugehören.

Wenn das so ist, weiß ich nicht, wo meine Heimat ist.

Ich habe sehr oft denselben Traum. Ich träume dann, daß ich fliege. Plötzlich sehe ich ein großes schwarzes Tier, das mich verfolgt. Ich weiß, daß ich ihm nur entkomme, wenn ich eine Höhe erreiche, die das Tier nicht schaffen kann. Ich habe Angst, und ich fliege hoch und immer höher. Meistens gelange ich im letzten Augenblick auf die Spitze eines Turms oder den Wipfel eines Baums. Wenn ich aufwache, fühle ich, wie mein Herz jagt, und ich bin erleichtert, daß ich meinem unheimlichen Verfolger wieder einmal entfliehen konnte.

19.

Ich schaue mich kritisch im Spiegel an. Ich habe mir die Augen mit einem ganz dünnen schwarzen Stift leicht umrandet. Dadurch sehen sie größer aus, und da ich eine Brille trage, fällt das überhaupt nicht auf. Meine langen schwarzen Haare liegen offen auf den Schultern. Ich bürste sie mir noch einmal durch und streife sie dann mit einem dunklen Haarreif aus dem Gesicht. Ich gucke mich ein letztes Mal an und lächle mir zu. Manchmal mag ich mich nicht, heute aber gefalle ich mir.

»Weißt du was von Sarih?« fragt Maman mich am Frühstückstisch.

»Wieso?« frage ich.

»Ihre Mutter rief gerade an. Sie ist seit gestern nachmittag nicht nach Hause gekommen.« Maman sieht mich besorgt an.

»Wer weiß, wo sie sich herumtreibt«, donnert Vater gleich los. »Du brauchst sie doch nur anzusehen, wie die sich immer rausputzt und wie sie sich anzieht! Die sieht doch aus wie eine … eine …«

»Hör auf!« schreie ich ihn an. »Sie ist meine Freundin!«

Vater haut mit aller Kraft auf den Tisch, so daß der Tee in den Tassen überschwappt. »Sie ist kein guter Umgang für dich!« brüllt er.

»Vater hat recht«, sagt Maman beschwichtigend. »Sie ist doch auch viel älter als du.«

»Aber sie ist meine Freundin!« schluchze ich.

Mutter redet leise auf mich ein, und mir kommt es vor, als wolle sie damit eigentlich Vater beruhigen. Wütend stehe ich auf, schnappe mir meine Schultasche und laufe aus der Wohnung. Draußen bleibe ich stehen, hole tief Luft und versuche meine Gedanken zu sammeln.
Wo kann Sarih nur sein? Ich spüre, wie mir die Tränen erneut den Hals hochkriechen. Vielleicht ist sie weggelaufen, oder sie hat sich … Nein, ich denke den Gedanken nicht zu Ende, weil er dann wahr werden könnte. Und das darf er nicht!

»Was ist denn los?« fragt Jutta mich sofort. »Du siehst ja ganz elend aus!«
Stockend erzähle ich ihr von dem Streit zu Hause und von Sarih. Den ganzen Vormittag kann ich mich nicht auf den Unterricht konzentrieren. Ich muß immer an sie denken.
Nach der Schule laufe ich gleich nach Hause. Schweigend stellt Maman das Essen vor mir auf den Tisch. Lustlos stochere ich darin herum, und als das Telefon klingelt, springe ich schnell auf und schnappe mir den Hörer.
»Ich bin's, Shirin!« rufe ich leise.
»Gott sei Dank!« höre ich Sarihs Stimme.
»Was ist passiert?« frage ich und spüre dabei, wie mir das Herz bis in die Ohren schlägt.
»Ich bin weggelaufen«, schluchzt Sarih. »Was soll ich nur machen?«
»Sag mir, wo du bist! Ich komme gleich zu dir!« fordere ich sie auf. Mein Blick fällt auf Maman, die in der Küchentür steht und mich wie gebannt anschaut.

»Sag niemandem, wo ich bin! Hörst du?«
»Kein Mensch erfährt etwas von mir!«
Sarih verrät, daß sie in der Telefonzelle in unserer Straße ist.
»Sag ihr, daß sie nach Hause kommen soll!« ruft Maman mir hinterher, als ich aus der Wohnung laufe.
Als ich bei der Telefonzelle ankomme, ist Sarih nicht dort. Enttäuscht bleibe ich stehen und schaue mich um. Da sehe ich in der Toreinfahrt auf der anderen Straßenseite eine Bewegung. Es ist Sarih, die zögernd hervortritt und mit langsamen Schritten auf mich zukommt. »Ich wollte sehen, ob du allein bist«, sagt sie leise.
»Was ist passiert?« Ich nehme sie in den Arm.
»Vater hat herausbekommen, daß ich einen Freund habe. Er hat getobt, und dann hat er mir gedroht, daß er mich nach Persien zurückschickt. Da bin ich weggelaufen.«
»Aber das kann er doch nicht machen!« sage ich ganz entrüstet.
»Und ob er das kann!« Sarih sieht ganz blaß aus, und während sie mir das erzählt, kämpft sie gegen die Tränen an.
»Heute nacht habe ich auf einer Bank auf dem Spielplatz geschlafen. Ich habe solche Angst gehabt! Und ich bin so müde, Shirin. Wo soll ich bloß hin?«
»Komm erst mal mit zu mir«, schlage ich vor.
»Und deine Eltern? Meinst du, die denken anders als meine? Die rufen doch sofort meine Mutter an, und dann?«
»Du mußt mit deinem Vater reden ...«
»Das geht nicht. Der läßt nicht mit sich reden!«
Ich denke angestrengt nach. Die Situation ist festgefahren,

und ich möchte nicht in Sarihs Haut stecken. Maman wird bestimmt bei Teheranis anrufen. Und was ist, wenn sie Sarih wirklich nach Persien zurückschicken?
»Du kannst doch nicht ewig auf irgendwelchen Bänken schlafen«, werfe ich zögernd ein. »Komm jetzt mit zu mir!«
»Ich bin so müde«, seufzt sie schließlich. »Also gut, ich gehe mit. Aber ich laufe sofort weg, wenn ihr meine Eltern benachrichtigt!«
Schon von weitem sehe ich Maman am Fenster stehen. An der Wohnungstür nimmt sie uns wortlos in Empfang. Sie hat noch einen Teller auf den gedeckten Tisch gestellt. »Iß erst einmal, Sarih«, sagt sie freundlich.
Sarih blickt uns nicht an. Lustlos stochert sie im Essen herum, steckt sich ein Stück Karotte in den Mund, legt dann aber den Kopf auf die Arme und schluchzt.
Maman streicht ihr übers Haar. »Ich werde jetzt mit deiner Mutter sprechen und ihr sagen, daß du hier bist.«
»Nein!« schreit Sarih, springt auf und will wegrennen.
»Sie muß wissen, wo du bist. Sie macht sich solche Sorgen. Und du willst doch nicht, daß sie die Polizei benachrichtigen, oder? Erst einmal kannst du aber bei uns bleiben, Sarih! Soll ich ihr das sagen?« fragt Maman. »Willst du das?«
»Und Vater?« frage ich Maman. »Wird er es erlauben?«
»Deinen Vater überlasse am besten mir«, sagt Maman. »Er wird zuerst dagegen sein, aber ich werde ihn davon überzeugen, daß das im Moment die richtige Lösung ist. Und dann reden wir mit Sarihs Vater.«

Es ist alles so gekommen, wie Maman gesagt hat. Vater hat unwillig seine Zustimmung gegeben, und Sarih wohnt nun schon seit zwei Wochen bei uns. Da Osterferien sind, haben wir viel Zeit füreinander. Jeden Tag geht sie zur Telefonzelle und ruft Peter an. Ein paarmal treffen sie sich auf dem Spielplatz im Park. Vater, der seit einigen Monaten drei oder vier Tage in der Woche bei einem Freund in Lübeck arbeitet, ignoriert sie völlig.

»Laß ihn«, sagt Sarih und verzieht dabei ihr Gesicht. »Er ist genau wie mein Alter.«

Als dann die Ferien vorbei sind, geht sie wie immer in die Schule, und jeden Mittag kommt sie zu uns nach Hause. Ihre Mutter besucht sie zweimal hier.

Das erste Mal ist sie ganz komisch und überhaupt nicht nett.

»Was hast du dir eigentlich dabei gedacht?« fährt sie Sarih gleich an. »Du hast Schande über uns gebracht! Du hast uns vor allen Persern blamiert! Einfach wegen eines Jungen die Familie zerstören!«

»Peter ist mein Freund!« sagt Sarih trotzig.

»Haben Sie schon so etwas gehört, Frau Mahalati?« wendet sie sich an Maman. »Wo hat sie das nur her? Ein Freund! Ja, hast du denn vergessen, daß du eine Perserin bist?«

Sarih schaut ihre Mutter wütend an, sagt nichts mehr, und auch ich koche innerlich.

Maman versucht Frau Teherani zu beruhigen, und bald sitzen die beiden Frauen in der Küche, trinken Tee und unterhalten sich.

Als Sarihs Mutter sie dann das nächste Mal besucht, ist sie

wie ausgewechselt. Sie nimmt ihre Tochter in die Arme, küßt sie und sagt, daß sie wieder nach Hause kommen soll. »Auch dein Vater will dich wieder bei sich haben«, sagt sie.
»Vielleicht komme ich zurück. Er soll aber nicht denken, daß ich dann alles tue, was er will«, meint Sarih.
»Du sollst einfach wieder bei uns sein. Das ist alles!«
Aber Sarih hat Angst. Sie will sich das erst noch eine Weile überlegen.

Sharife versteht sich jetzt besser mit Sarih als früher. Ich versuche, nicht eifersüchtig zu sein. Aber wenn ich sie so beisammensitzen sehe, gibt es mir doch jedesmal einen kleinen Stich.
»Ihr seid beide meine Freundinnen«, sagt Sarih einmal zu mir.
Sie hat sich verändert. Früher war sie viel alberner und frecher. Jetzt ist sie oft nachdenklich und traurig. Sharife, Sarih und ich unterhalten uns oft über unsere Eltern, über das Leben in Persien und das Leben hier.
»Was steckt ihr ständig die Köpfe zusammen?« fragt Maman mißtrauisch. »Und warum redet ihr immer deutsch miteinander?«
»Weil das einfacher für uns ist«, sagt Sharife etwas verlegen.
Und wir entdecken aneinander die gleichen Schuldgefühle gegenüber unseren Eltern, weil wir lieber und besser deutsch sprechen als farsi und uns mit ihnen nicht mehr so gut unterhalten können.

Die letzte Stunde fällt aus, und ich laufe zu Sarihs Schule, um sie abzuholen. Ich stelle mich vor das Eingangstor und warte auf sie. Als es klingelt und sie aus dem Gebäude kommt, geht ein Junge neben ihr her. Sie sind tief ins Gespräch versunken, und beide sehen sehr ernst aus. Ich komme mir plötzlich komisch vor, als würde ich ihr hinterherspionieren und will schnell wieder weglaufen, aber da hat sie mich schon entdeckt.
»Was machst du denn hier?« fragt sie mich ganz erstaunt.
»Ich wollte dich abholen«, sage ich verlegen.
»Das ist Peter, und das ist Shirin, meine Freundin«, macht sie uns miteinander bekannt. Gemeinsam schlendern wir zur Bushaltestelle, und Peter wartet, bis wir abfahren.
»Er sieht nett aus«, sage ich zu Sarih.

Sarih bleibt noch eine Woche bei uns. Dann sagt sie, daß sie es wieder zu Hause versuchen will. Als Sharife und ich sie zur Bushaltestelle bringen, regnet es.
»Ruf uns sofort an, wenn was ist!« fordern wir sie zum Abschied auf.
»Klar!« sagt Sarih und versucht dabei sogar fröhlich auszusehen.
Den ganzen Abend schleiche ich unruhig ums Telefon herum. Doch nur Vater ruft aus Lübeck an und will mit Maman sprechen.
Als ich es nicht mehr aushalten kann, wähle ich Sarihs Nummer. Ihre Mutter ist am Apparat. Es sei alles in Ordnung, und Sarih sei schon zu Bett gegangen. Beruhigt gehe auch ich

schlafen. Natürlich ist nichts los, sage ich mir, sonst hätte sie ja angerufen.
Auch am nächsten Tag meldet Sarih sich nicht, und ich fange an, nervös zu werden.
»Sie könnte ja mal Bescheid sagen, daß es ihr gutgeht!« meint Sharife. Diesmal greift sie zum Hörer und wählt Sarihs Nummer. Niemand antwortet. Die ganze Familie scheint ausgeflogen zu sein.
»Vielleicht besuchen sie ja jemanden«, meint Maman.
Als wir auch am nächsten Tag nichts von ihr hören, machen wir uns Sorgen.
»Was ist, wenn sie sie doch nach Persien geschickt haben?« frage ich Maman.
»Das wüßte ich«, sagt sie.
»Und würdest du es uns sagen?« fragt Sharife. Maman gibt keine Antwort.
Am Nachmittag bittet sie Mama-Rita, auf die beiden Kleinen aufzupassen, und zusammen fahren wir zu Sarihs Haus. Während der ganzen Fahrt sprechen wir kaum ein Wort miteinander. Hoffentlich ist mit Sarih alles in Ordnung!
Als nach dem ersten Klingeln keine Antwort kommt, läute ich Sturm. Eine Frau mit einem Kinderwagen kommt aus dem Haus. »Wo möchten sie hin?« fragt sie uns freundlich.
»Zu den Teheranis. Die wohnen doch hier?«
»Ja, die sind meine direkten Nachbarn. Aber sie sind nicht zu Hause. Sie mußten nämlich ganz plötzlich nach Persien reisen.«

20.

Mein Kopf fühlt sich dumpf und schwer an. Mein Hals brennt.
»Was ist geschehen?« Ich höre meine Stimme wie aus weiter Ferne, und sie klingt fremd. Mamans Gesicht verschwimmt vor meinen Augen. »Wo ist Sarih?« schluchze ich.
Mamans Gesicht kommt näher, und ich spüre etwas Kühles und Feuchtes auf meiner Stirn. Maman flüstert mir etwas zu, doch ich kann es nicht verstehen.
Ich schließe die Augen und sehe Großmutter vor mir stehen. Sie ist sehr ernst und sagt, ich solle meine Hausaufgaben machen.
»Ich habe sie schon gemacht«, sage ich, und sie lächelt.
»Weißt du, wo Sarih ist?« frage ich sie.
»Sie spielt in ihrem Zimmer«, antwortet Großmutter.
»Das ist gut«, sage ich laut.
»Bald bist du wieder gesund«, höre ich Mamans Stimme.
Erstaunt öffne ich die Augen. Ich will sie fragen, was los ist. Aber ich bekomme kein Wort heraus. Maman schaut mich besorgt an und betupft mit einem feuchten Waschlappen mein Gesicht.
Als ich wieder aufwache, sitzt Sharife an meinem Bett und liest.
»Du hast uns ja einen schönen Schrecken eingejagt«, sagt sie. Und als ich sie frage, was denn geschehen ist, erklärt sie: »Nachdem wir von Teheranis Haus zurückgekommen

sind, hast du dich einfach ins Bett gelegt«, erfahre ich von ihr. »Und kurz danach hattest du hohes Fieber und hast ständig phantasiert. Das mit Sarih hat dich ganz schön mitgenommen.«
»Habt ihr etwas von ihr gehört?« flüstere ich.
»Nichts«, sagt Sharife. »Gar nichts.«
Ich schließe die Augen und wünsche mir, daß das alles nicht wahr ist, daß ich die ganze Zeit krank gewesen bin und mir im Fieber die Geschichte zusammenphantasiert habe.

Nun liege ich schon seit fast einer Woche im Bett. Jutta hat mich zweimal nach der Schule besucht. Als ich ihr von Sarih erzählt habe, hat sie sofort von Peter gesprochen. Merkwürdig, daß ich überhaupt nicht an ihn gedacht habe. Für ihn muß es doch ganz besonders schrecklich sein, daß Sarih plötzlich nicht mehr da ist.
Je mehr ich darüber nachdenke, um so wütender werde ich. Sarih tut mir so leid. Ich kann mir vorstellen, wie elend sie sich fühlen muß. Was wird nun aus ihr? Ob ich sie jemals wiedersehe?
»Die Teheranis hatten Angst, daß sie hier in Deutschland ihre einzige Tochter verlieren«, versucht Maman zu erklären, als sie sich mit Sharife an mein Bett setzt.
»Das ist ihre eigene Schuld. Wenn sie versucht hätten, Sarih zu verstehen, wäre sie niemals weggelaufen«, sage ich aufgebracht.
»Sie konnten nicht anders«, seufzt Maman. »Und deswegen mußten sie fort von hier.« Und dann erzählt sie uns von

unserer kleinen Schwester Elahe. »Als sie starb, habe ich auch sterben wollen«, sagt sie. »Ich dachte, ich könnte diesen Verlust nicht ertragen. Aber dann wart ihr ja da, und ihr habt mich gebraucht. Auch jetzt tut es noch weh, sich daran zu erinnern«, flüstert Maman. »Es ist das Schlimmste, was einem im Leben passieren kann, ein Kind zu verlieren.«

»Das kannst du doch nicht damit vergleichen, daß Sarih weggelaufen ist«, sage ich ein wenig ärgerlich.

»Nein, du hast recht. Das Weglaufen ist schlimmer.«

»Wieso ist das schlimmer?« fragt Sharife. »Sarih lebt doch noch! Das verstehe ich nicht!«

»Das ist auch schwer zu erklären. Aber vielleicht versteht ihr es besser, wenn ich euch sage, daß ich mit dieser Schande nicht leben könnte.«

Sharife und ich schauen uns an. Das Wort »Schande« haben wir schon so oft von unseren Eltern gehört. Es steht zwischen uns wie eine Wand, es trennt uns.

In den nächsten Tagen unterhalten wir uns immer wieder mit Maman. Sie will, daß wir sie besser verstehen und auch Vater. Aber es ist so schwierig.

Vater bekommt wenig von diesen Gesprächen mit. Er ist inzwischen fast immer in Lübeck. Als er hört, daß die Teheranis wieder in Persien sind, findet er das richtig. »Und wenn ihr solche Sachen macht wie Sarih, dann gehen wir auch zurück!« droht er.

Merkwürdig, denke ich. Früher hätte er mir damit nicht drohen können. Da hatte ich Heimweh und wollte immer zurück nach Persien. Aber jetzt möchte ich hierbleiben. Was

ist mit mir passiert? Habe ich mich so sehr verändert? Ich werde nie eine Deutsche sein, immer eine Ausländerin bleiben. Und trotzdem will ich hier nicht weg.
Ich mag Hamburg, und manchmal fühle ich mich hier zu Hause. Ich habe Freundinnen gefunden, und wenn ich mit ihnen zusammen bin, vergesse ich oft, daß ich anders bin als sie. Aber vielleicht bin ich auch gar nicht anders.
Wohin gehöre ich? Nach Persien? Nach Deutschland?
Oder in die Welt, einfach in die Welt?

Nasrin Siege
Sombo
das Mädchen vom Fluß
Gulliver Taschenbuch, 112 Seiten (78165)

Sombo lebt in einem kleinen afrikanischen Dorf. Jeden Tag geht sie den langen Weg zur Schule. Sie liebt die Schule und bewundert den Lehrer, der so viel weiß. Sombo erzählt, wie sie für ihre Geschwister sorgen muß und wie gerne sie im kühlen Fluß badet oder fischen geht. Abends hört sie den Geschichten ihres Großvaters zu. Doch Sombo hat viele Fragen, und es gibt vieles, worüber sie nachdenken muß. Warum dürfen die Männer nicht mehr auf Elefantenjagd gehen, und warum soll Wimes Großmutter plötzlich eine Hexe sein? Dann muß Sombo ins Mukanda, die Mädchenbuschschule, wo sie lernt, was sie als erwachsene Frau wissen muß. Eine Zeit, die ihr wie ein langer Traum vorkommt.
Eine leise und warme Erzählung, in der man die Kälte in der Nacht und die Hitze am Tag spüren, das Trommeln und die Gesänge der Frauen im Mukanda hören kann.

»Besonders angenehm ist die Selbstverständlichkeit und Unbefangenheit, mit der die Autorin heikle Themen wie etwa das Verhältnis der Schwarzen und Weißen oder die zunehmende ›Zivilisierung‹ anpackt.« *Tagesspiegel*

»Ein hervorragendes Kinderbuch, das auch Erwachsene mit großem Gewinn lesen werden.« *Missio*

»Nasrin Siege erzählt einfühlsam und ohne Anbiederung an die Protagonistin oder an die LeserInnenschaft eine Geschichte, ohne den moralischen Zeigefinger, der zur Toleranz gegenüber dem Fremden mahnt, in der Fremdes verständlich wird.«
WochenZeitung, Zürich

Romane für Kinder

Ghazi Abdel-Qadir
Die sprechenden Steine
Roman. Mit einem Nachwort von Susann Heenen-Wolff
Gebunden, 152 Seiten (79600) *ab 11*
Eine einfühlsame Erzählung über die ersten Monate der Intifada aus der Sicht des 11jährigen Palästinensers Kamal, der von Versöhnung und Frieden träumt. »Ein wichtiger literarischer Versuch, das Leben palästinensischer Kinder unter israelischer Besatzung für deutsche Kinder vorstellbar zu machen.«
Felicia Langer

Reinhard Burger
Der Wind und die Sterne
Roman. Mit Nachwort des Autors
Gebunden, 120 Seiten (80080) *ab 12*
Die eindringliche Geschichte des äthiopischen Jungen Abebe, der die Dürrekatastrophe seines Dorfes erlebt und mit seinem Großvater Hilfe aus der Stadt holen will.
Peter-Härtling-Preis für Kinderliteratur

Kirkpatrick Hill
Starker-Sohn und Schwester
Roman. Gebunden, 122 Seiten (79603) *ab 10*
Es ist ein langer und einsamer Sommer, in dem alles anders ist. Der 11jährige Starker-Sohn und die 8jährige Schwester müssen in ihrem Sommerlager am Yukon mit allem alleine zurecht kommen. Eine anrührende und spannende Geschichte von dem Überleben zweier Kinder in der Wildnis Alaskas.
Blaue Brillenschlange

Klaus Kordon
Brüder wie Freunde
Roman. Gebunden, 192 Seiten (79512) *ab 10*
Die fesselnde Geschichte von den Brüdern Frank und Burkhard spielt in den ersten Nachkriegsjahren. Bald jedoch muß Frank lernen, sich ohne den großen Bruder zurechtzufinden. »Obwohl es von einem nichts beschönigenden Realismus ist, beglückt dieses Buch … Ein Wunschtraum von einem Kinderroman.« FAZ
Auswahlliste Deutscher Jugendliteraturpreis

Mildred D. Taylor
Donnergrollen, hör mein Schrei'n
Roman. Aus dem Amerikanischen von Heike Brandt
Gebunden, 236 Seiten (80137), Gulliver Taschenbuch (78071) *ab 12*
Mississippi Anfang der dreißiger Jahre. Cassie und ihre Familie kämpfen um ihren Landbesitz, der ihnen von den Weißen streitig gemacht wird. »Dieses spannende Jugendbuch ist ein Schlüsselwerk zum historischen Verständnis der Rassendiskriminierung in den USA.«
Buxtehuder Bulle

Arnulf Zitelmann
Unterwegs nach Bigorra
Abenteuer-Roman aus dem frühen Mittelalter
Mit einem Nachwort von Hermann Schefers
Gebunden, 304 Seiten (79655) *ab 12*
Zitelmann erzählt von Itta, der Christin, dem Juden Jakob und dem Muslim Sahnun, von ihrer Freundschaft und ihrem langen Weg durch Frankreich im Jahre 732.

Kirkpatrick Hill
Indianerwinter
Roman. Aus dem Amerikanischen von Susanne Koppe
Gebunden, 168 Seiten (79685) *ab 10*
Voller Atmosphäre, still und einfühlsam erzählt Hill die Geschichte von Starker-Sohn und Schwester, die mit der alten Indianerin Natasha einen aufregenden und harten Winter in der Wildnis Alaskas verbringen.

Heike Brandt
Katzensprünge
Roman. Gebunden, 224 Seiten, (79681) *ab 11*
Für den 11jährigen Dirk ist die Welt in Berlin zunächst völlig fremd. Doch irgendwann ist das Eis gebrochen, und er lernt Amina und den Skater Emil kennen. Ein sensibles Buch, das Mut macht, sich nicht unterkriegen zu lassen.

Beltz & Gelberg
Beltz Verlag, Postfach 100154, 69441 Weinheim